Franz Kafka

Die Verwandlung
La métamorphose

Traduit de l'allemand
préfacé et annoté
par Claude David

Gallimard

PRÉFACE

Le thème de la métamorphose est aussi vieux que la littérature. L'Antiquité a eu ses métamorphoses, le Moyen Age a eu les siennes. Le personnage est travesti, masqué, quelquefois, pour un temps limité, sous un aspect qui fait oublier sa forme ancienne. Il arrive que ce déguisement lui soit infligé comme une punition ou comme une vengeance des dieux. Mais dans tous les cas, la métamorphose se superpose à la nature véritable, qu'on n'oublie jamais tout à fait. Quand Kafka use de ce mot, il lui prête aussitôt un sens tout différent : la métamorphose révèle une vérité jusqu'alors méconnue, les conventions disparaissent, les masques tombent. Si la fable se prêtait au style fleuri, la métamorphose, au sens que Kafka lui donne, impose plus de rudesse. Le récit qui porte ce titre est un des plus pathétiques et des plus violents qu'il ait écrits ; les effets en sont soulignés à l'encre rouge, les péripéties ébranlent les nerfs du lecteur. En même temps et pour la même raison, la signification de l'histoire est sans ambiguïté : La Métamorphose, en dépit des innombrables études qu'on lui a consacrées (en 1973, on en dénombrait déjà 128 !) est un des textes de Kafka qui prêtent le moins à contestation et, par conséquent, un des accès les plus commodes pour entrer dans son œuvre.

Une première fois, en 1907 probablement, Kafka avait

7

imaginé, dans le texte intitulé Préparatifs de noce à la campagne, *qui devait rester inédit du vivant de l'auteur, la transformation d'un homme en insecte. Le héros de l'histoire, Eduard Raban (déjà un pseudonyme calqué sur le nom de Kafka), hésite avant de se mettre en route pour un voyage à la campagne dont il attend peu de plaisir :* « Ne puis-je pas faire comme je faisais toujours lorsque j'étais enfant, dans les affaires dangereuses ? Je n'ai même pas besoin de partir moi-même à la campagne, ce n'est pas nécessaire. J'y envoie mon corps couvert de mes vêtements [...] Et moi, pendant ce temps-là, je suis couché dans mon lit, mollement recouvert d'un édredon marron clair, livré à la brise qui entre par la fenêtre entrouverte. » *Et il continue :* « Quand je suis comme cela couché dans mon lit, j'ai l'air d'un gros scarabée, un lucane ou un hanneton, je crois [...] Oui, j'ai l'air d'un gros scarabée. Je serre mes petites pattes contre mon corps ventru. Et je chuchote un petit nombre de mots, ce sont les ordres que je donne à mon triste corps, qui est là tout contre moi, penché vers moi. J'en ai bientôt fini — il s'incline, il s'en va vivement et il va tout exécuter pour le mieux, tandis que je me reposerai. » *Il n'est pas douteux que Kafka, quand il écrit* La Métamorphose, *se réfère mentalement à ce passage, écrit cinq ans plus tôt. Et pourtant, la même image recouvre des réalités fort différentes : dans* Préparatifs de noce, *le narrateur se débarrasse de son corps, il cherche refuge en épousant la forme d'un scarabée ; il est insecte, il est dispensé de réaliser ses promesses et ses projets. Dans* La Métamorphose, *au contraire, Gregor Samsa est prisonnier de son corps, un corps que soudain il ne reconnaît plus, mais qui constitue l'unique réalité. Toute évasion lui est désormais interdite : c'est le sujet même de l'histoire que Kafka nous raconte.*

On peut suivre jour après jour les circonstances de la rédaction de La Métamorphose. *Kafka les rapporte dans ses lettres à Felice Bauer. Il l'a rencontrée au mois de septembre 1912 et il a conçu aussitôt des projets d'avenir avec elle. Dans* Le Verdict, *qu'il compose dans la nuit du 22 au 23 du même mois, c'est elle qui figure au centre de l'histoire, même si Kafka ne l'accorde qu'à demi-mot. Dans* La Métamorphose, *en revanche, il n'y a plus de place pour elle. Les semaines ont passé ; l'inspiration, dont le retour l'avait, un bref moment, inondé de bonheur, est retombée ; il a vainement peiné pour donner à son roman américain, qui traîne depuis des mois, une forme qui lui convienne ; la charge de l'usine d'amiante, que son père lui a infligée et où il mesure chaque jour son incompétence, l'emplit de désespoir. Le 8 octobre, il écrit à Max Brod qu'il a été tenté de se jeter par la fenêtre. Et, dans la même lettre, il ajoute en post-scriptum, parlant de sa famille : « Et cependant, le matin venu, je n'ai pas le droit non plus de le passer sous silence, je les hais tous à tour de rôle ; je pense que, pendant ces quinze jours, j'aurai bien du mal à leur souhaiter le bonjour. Mais la haine — et de nouveau, cela se retourne contre moi — est évidemment mieux de l'autre côté de la fenêtre que tranquillement couchée sur un lit. » C'est cette haine, encore à moitié refoulée, qui va inspirer son nouveau récit. Il écrit à Felice, le 17 novembre : « Je veux transcrire une petite histoire, qui m'est venue à l'esprit en pleine détresse et qui m'obsède au plus profond de moi-même. » Une histoire, ajoute-t-il, « excessivement répugnante », dans laquelle il ne progresse qu'à grand-peine et que seule l'image de Felice, à l'horizon, permet de supporter : « Ces choses-là, vois-tu, sortent du même cœur que celui où tu loges et que tu tolères comme logement. N'en sois pas triste, car, qui sait, plus j'écris et plus je me libère, plus je serai pur, digne peut-être de toi, mais sûrement il y a en moi beaucoup de choses à jeter et les nuits ne seront jamais assez longues pour cette occupation, du reste voluptueuse au plus haut degré. » Il en va de la sorte jusqu'au 6 décembre, où Kafka écrit à Felice :*

« *Pleure, chérie, pleure ! Le héros de ma petite histoire est mort,* *il y a un instant. Si cela doit te consoler, sache qu'il est mort* *assez paisiblement et réconcilié avec tous.* »

Entre Le Verdict *et* La Métamorphose, *à peine deux mois se sont écoulés. Les deux œuvres relèvent de la même esthétique et s'éclairent l'une par l'autre. Tout d'abord, les personnages ont un nom qui, dans le cas présent, rappelle celui de l'auteur ; plus tard, Kafka laissera plus volontiers les héros de ses récits dans l'anonymat. Il est manifeste que le narrateur, sans s'identifier à son héros, puisque celui-ci incarne précisément toute la partie de lui-même dont il voudrait s'affranchir, lui marque de la sympathie et verse des pleurs sur son destin. Gregor Samsa a des traits de caractère qu'il est aisé de décrire : c'est un employé modèle, un fils respectueux, toujours prêt à servir, tout le contraire d'un révolté, nullement enclin à perturber l'ordre de la société. Il est solitaire, insociable, inutile, coupé du monde. Kafka qui, plus tard, reniera la psychologie, lui réserve tout naturellement une place dans ces récits de 1912 : Gregor Samsa est tout le contraire d'un « homme sans qualités ». Il est encore conçu à la manière d'un personnage romanesque traditionnel. Et Kafka introduit, avant le début de l'action, une sorte de préhistoire, dans laquelle l'argent joue son rôle. Une sombre histoire de dettes, dont on sait peu de choses, a réduit le père à l'inaction et c'est désormais Gregor qui, par son travail, fait vivre la famille entière. On apprendra plus tard, dans le cours du récit, que le père s'est sournoisement constitué un pécule, en économisant sur les versements mensuels de Gregor. Le fantastique de la métamorphose laisse intact le cadre réaliste, l'évocation d'une famille de petite bourgeoisie, enfoncée dans la médiocrité du quotidien. Kafka s'évadera plus tard vers des paysages exotiques ou imaginaires. Ici, c'est le contact du fantastique et du quotidien qui donne son corps à l'histoire. Quant aux autres personnages, si ce ne sont pas des portraits d'après nature, on a* tôt fait cependant de reconnaître dans le père, impulsif et violent, dans la mère, larmoyante et faible, dans la sœur Grete, en apparence charitable mais bientôt plus inhumaine que quiconque, des images empruntées à l'entourage familier de l'auteur. On a même pu montrer que la disposition des pièces chez les Samsa était identique à celle de la famille Kafka. Le vécu reste tout proche : le lecteur, bien entendu, l'ignore, l'auteur, en revanche, ne l'oublie pas. Quant au héros Gregor Samsa, il n'en sait pas si long, c'est sa métamorphose qui va le révéler à lui-même et lui révéler, du même coup, la vérité des autres.

Déjà dans Le Verdict, Georg Bendemann découvrait, au cours d'une conversation inopinée avec son père, la vérité de son cœur, toute une part de lâcheté, de mauvaise foi, de haine qu'il était parvenu jusqu'alors à se cacher ; il se croyait innocent et annonçait innocemment à son père son projet de mariage : le langage allait le trahir, et la condamnation à mort qu'on lui infligeait lui paraître si méritée qu'il courait aussitôt se noyer dans la rivière. Il en va de même dans La Métamorphose : Gregor n'a mis en cause jusqu'à présent ni son métier ni sa relation avec les siens ; tout va changer d'un coup.

Et pourtant, quand il se découvre transformé en un immonde insecte, son étonnement ne dure qu'un instant ; il ne lui faut qu'un moment pour apprendre à manier ce corps qu'il connaît encore mal. Bientôt, il sait ouvrir une porte avec ses mandibules, il sait monter le long des murs et s'accrocher au plafond. Il ne s'indigne pas, il ne sait pas encore qu'il fait peur aux autres : s'il couche sous le canapé, c'est moins pour ménager ceux qui l'entourent que pour s'y installer à son aise. Il n'a plus d'appétit que pour les aliments corrompus, mais il accepte le goût nouveau en ne s'en étonnant qu'à peine.

La première partie du récit porte essentiellement sur le métier. Le fondé de pouvoir se rend personnellement chez Samsa pour connaître les raisons du retard de Gregor. C'est la première fois *que celui-ci commet pareille faute ; et cependant, le représentant du patron menace aussitôt de le licencier ; il lui reproche la médiocrité des affaires qu'il a conclues ; il va jusqu'à mettre en question la probité de son employé. On s'est à bon droit étonné de cette rigueur. On a pensé que Kafka instruisait le procès d'une société mal faite ; le drame privé qui nous est conté ne serait que le déguisement d'un conflit social encore insuffisamment analysé. C'est la société qui serait responsable de l'aliénation dont Gregor Samsa est la victime. La* Métamorphose *serait une caricature de l'économie capitaliste. Certains sont allés plus loin : ils ont considéré le changement de Gregor en animal comme le chemin de son salut ; dans sa nouvelle condition, son moi, si longtemps prisonnier, pourrait enfin se libérer.*

Où prend-on cependant que Gregor Samsa se soit jamais libéré ? Sa métamorphose l'enferme au contraire dans une solitude irrémédiable, dans une passivité plus grande encore qu'auparavant. Le métier est assurément une servitude ; Kafka l'a toujours éprouvé comme tel. Gregor Samsa, qui l'avait de tout temps pratiqué avec ennui, ne s'en détache cependant que le jour de sa métamorphose ; sa lassitude l'a emporté ce matin-là jusqu'à prendre faussement l'apparence d'une révolte.

Ce n'est pas la société dont Kafka instruit ici le procès. La société a ses pesanteurs, mais elle n'est pas monstrueuse. Le monstre est Gregor Samsa. La métamorphose est un châtiment imaginaire que Kafka s'inflige. On trahirait son intention, si on lui cherchait des excuses ou si l'on imputait à d'autres les fautes dont il se sent coupable. On ne peut que se détourner de lui avec horreur. Il avait toujours été faible, mais la métamorphose a encore accru sa faiblesse. Toute communication avec lui est devenue impossible ; il est égoïste et immonde, même s'il ne peut mesurer à quel point il est devenu un objet de dégoût. Lui-même, qui ne se voit pas, cherche encore un contact avec autrui ; mais chacune de ses tentatives est l'occasion d'un désastre. Son père, sa mère, sa sœur, la femme de peine fuient également sa vue ; et le lecteur partage leur horreur ; la déformation de Gregor Samsa interdit toute compassion. Non qu'il ait renié tout sentiment humain, mais l'humanité est à ce point enfouie sous la carapace animale qu'on renonce aussitôt à la chercher.

Et quand le fondé de pouvoir, à la fin de la première partie, aperçoit pour la première fois le monstre, dont il n'a fait jusqu'alors qu'entendre la voix déformée par une sorte de grognement animal, il se précipite dans le vestibule et descend quatre à quatre les marches de l'escalier. Cet incident marque dans le récit un moment de détente, qu'on pourrait à la rigueur qualifier de comique. Mais ce n'est pas la dernière scène de cette séquence : le père apparaît, saisit la canne du fondé de pouvoir et se jette sur Gregor qui, frappé par lui, perd son sang en abondance. Le grotesque, un instant frôlé, débouche à nouveau sur l'horrible. Le père se révèle, comme dans Le Verdict, l'ennemi irréconciliable. De même, les trois pensionnaires de la dernière partie, tous trois barbus et semblables à des pantins que manœuvrerait un seul fil, introduisent dans La Métamorphose un élément de grotesque ; mais le grotesque doit rester discret et ne pas compromettre le tragique de l'histoire. La sympathie du lecteur se porte sur les parents et leur fille, tortionnaires innocents, et non sur Gregor, toujours relégué au-delà de la pitié, à un niveau inaccessible aux sentiments humains. Le narrateur, à la fois s'identifie à Gregor, dont il connaît les réactions, et l'accompagne dans sa chute ; parce qu'il est constamment à son côté, il ne tente aucune réhabilitation, dès le départ impossible.

Avant le jour de sa métamorphose, Gregor Samsa, l'enfant sage, ignore apparemment presque tout de la sexualité. Une gravure qu'il avait découpée comme un collégien dans un magazine, suffit à alimenter ses rêves érotiques : c'est la dame au manchon, pour laquelle il a fabriqué un cadre de bois et qu'il garde sous ses yeux dans sa chambre. Lorsque la famille décide de déménager celle-ci, apparemment pour aller au-devant de ce qu'on suppose être le désir de Gregor, mais avec le résultat de l'isoler encore davantage dans son mal, il se cramponne fiévreusement au fétiche qu'on s'apprête à lui retirer. Sous la forme animale, l'instinct s'est réveillé, mais il est en même temps dévié de son sens. Chaque élan sentimental, chaque marque de bonne volonté n'aboutit qu'à des désastres. La dernière passion qu'il éprouve encore est l'amour qu'il porte à sa mère ; mais, dès que celle-ci l'aperçoit, elle est prise de terreur et tombe en pâmoison. Gregor est celui qui ne peut plus être aimé, qui ne peut plus aimer. Il découvre devant lui sa mère, les cheveux dénoués, les jupes tombantes ; la chambre conjugale des parents est toute proche ; c'est le lieu de tous les interdits. Les thèmes œdipiens, refoulés jusqu'alors, envahissent, sinon la conscience de Gregor, du moins les pénombres de son esprit. Une ombre de freudisme s'étend sur le récit. Le lieu où sa métamorphose a confiné Gregor Samsa est celui où tout se confond, où les démons menacent, où la raison mesure son impuissance. De même, quand il entend, dans la dernière partie du récit, l'air de violon que joue sa sœur Grete à la demande des trois pensionnaires, l'âme de Gregor s'émeut ; il se précipite hors de sa chambre, comme à la recherche d'une « nourriture inconnue ». Mais, comme ses appétits alimentaires se portaient vers les choses corrompues, de même ses appétits spirituels étaient dévoyés. Ils ne se distinguaient plus de l'affection qu'il portait à sa sœur et celle-ci revêtait des formes quasi incestueuses ; il forme le projet de grimper jusqu'à son épaule et de l'embrasser dans le cou.

On ne peut même pas dire que Gregor aspire à mourir, tant ses désirs sont devenus obscurs et confus. Il est presque conduit à la mort par la force des choses : la mort fait partie des régions nocturnes dans lesquelles il est enfermé. Et pourtant, c'est d'une

14

blessure qu'il va mourir, une blessure qui lui a été infligée par son père. A la fin de la deuxième partie du récit, devant le spectacle de Gregor évadé de sa tanière, de la mère à demi évanouie, des fioles de pharmacie répandues sur le sol, le père, furieux, se livre à une véritable lapidation. Il bombarde Gregor de projectiles, l'un d'eux va se ficher dans la chair en y laissant une blessure inguérissable. Le fait que le père se serve de pommes et non de pierres ne retire rien au pathétique de la scène. Si l'on ne craignait pas de faire dévier le récit vers une formulation abstraite qui ne lui convient guère, on dirait que le dévergondage de l'âme, la régression vers l'instinct et le désordre sont châtiés par un sur-moi, dont le père est l'incarnation.

Ou peut-être faudrait-il dire, plus simplement, et en s'éloignant moins de la biographie de l'auteur, que le père, depuis toujours détesté, a fini par avoir raison de la faiblesse du fils.

On raconte que, lorsque Kafka donna lecture de son récit à quelques-uns de ses amis, tout le monde fut saisi d'un rire irrépressible. Ce ne pouvait être cependant que le rire qui permet de se libérer de l'oppression d'un cauchemar. Quelques éléments comiques ou grotesques, habilement distribués dans le récit pour le rendre tolérable, ne peuvent dissimuler l'ampleur presque mythique du conflit qui se déroule dans cette obscure et médiocre famille de petite bourgeoisie.

Une fois son récit terminé — il l'accepte dans l'ensemble, mais en rejette la fin — Kafka ne se hâte pas de faire connaître son œuvre. C'est, comme d'habitude, Max Brod qui se charge de l'affaire. Il en parle à Franz Werfel, alors lecteur chez Kurt Wolff, qui justement prépare une édition du Verdict. *Kurt Wolff presse Kafka de lui envoyer son manuscrit. « Ne croyez pas Werfel, lui répond cependant l'auteur, il ne connaît pas un mot de l'histoire. Je vous l'enverrai naturellement dès que je l'aurai fait mettre au net. » Le temps passe cependant, sans que*

15

rien se produise. *Kafka suggère de réunir en volume trois de ses récits, qui traitent de la relation entre fils et pères :* « Le Soutier » *(le premier chapitre d'*Amerika, *le seul dont il soit à peu près satisfait),* Le Verdict *et* La Métamorphose. *Il se ravise cependant peu et cède aux instances de Robert Musil, qui lui demande son texte pour la* Neue Rundschau, *qu'il dirige. L'affaire semble conclue, quand l'éditeur de la revue, qui trouve le récit trop long, le refuse. Les tribulations continuent plus d'une année encore ; Kafka envisage un autre groupement qui, sous le titre de* Châtiments (Strafen) *aurait réuni* La Métamorphose, Le Verdict *et* A la colonie pénitentiaire ; *tout échoue encore. C'est au moment où l'écrivain Carl Sternheim, qui était fortuné, remet à Kafka le montant d'un prix qui venait de lui être décerné, que l'éditeur Kurt Wolff, profitant de cette occasion qui attire sur Kafka l'attention des milieux littéraires, décide de publier* La Métamorphose *en volume, mais isolément. On est en novembre 1915. Le livre ne passa pas tout à fait inaperçu et il faut rendre hommage à ceux qui, malgré la nouveauté du langage, furent sensibles à sa qualité. Aucun d'eux cependant n'alla jusqu'à en percevoir le sens. Un journaliste obscur, nommé Robert Müller, fut choqué par l'audace et l'invraisemblance de l'invention. Un autre critique, Oskar Walzel, historien réputé de la littérature, tenta au contraire, mais avec peu de bonheur, de rattacher le récit à la tradition.* « Kafka, *écrivait-il, touche plus notre cœur, parce qu'il reste plus près de la vie.* » *Il eût fallu en 1915 une pénétration peu commune pour comprendre que* La Métamorphose *ne cherchait pas à émouvoir le cœur et qu'elle était fort loin d'imiter la vie.*

Claude David

Die Verwandlung
La métamorphose

I

Als Gregor Samsa[1] eines Morgens aus unruhigen Träumen erwachte[2], fand er sich in seinem Bett zu einem ungeheueren Ungeziefer[3] verwandelt. Er lag auf seinem panzerartig harten Rücken und sah, wenn er den Kopf ein wenig hob, seinen gewölbten, braunen, von bogenförmigen Versteifungen geteilten Bauch, auf dessen Höhe sich die Bettdecke, zum gänzlichen Niedergleiten bereit, kaum noch erhalten konnte.

1. Le nom de Samsa est manifestement calqué sur celui de Kafka. Ainsi se trouve confirmé dès le premier mot l'aspect « personnel » du récit. Plus tard, lorsque Kafka dénommera ses personnages « Joseph K. » ou « K. » ou lorsqu'il les laissera entièrement anonymes, il marquera au contraire la distance qu'il veut introduire entre ses héros et lui-même. Peut-être (mais ce n'est qu'une hypothèse) le prénom Gregor veut-il être l'anagramme presque parfait de Georg, le nom du héros du *Verdict*, écrit quelques semaines plus tôt. Les deux personnages sont, en effet, à la fois parallèles et opposés : l'un et l'autre vont découvrir une part d'eux-mêmes que l'un (Georg) essayait de masquer à lui-même et aux autres et dont l'autre (Gregor) a la révélation soudaine. Georg triche pour ne laisser subsister que la partie conventionnelle, « sociale », acceptable, de lui-même ; Gregor, au contraire, fait tout à coup connaissance de ses enfers. L'un tente (inutilement) de monter, l'autre descend.

2. La première phrase du texte souligne que la métamorphose n'est pas un rêve, mais au contraire la découverte d'une réalité. Au commencement du deuxième paragraphe, le narrateur répète : « Ce

18

I

Lorsque Gregor Samsa s'éveilla un matin au sortir
de rêves agités, il se retrouva dans son lit changé en un
énorme cancrelat. Il était couché sur son dos, dur
comme une carapace et, lorsqu'il levait un peu la tête,
il découvrait un ventre brun, bombé, partagé par des
indurations en forme d'arc, sur lequel la couverture
avait de la peine à tenir et semblait à tout moment près
de glisser.

n'était pas un rêve. » Kafka a plus d'une fois dénié le caractère
onirique de ses récits.

3. Le mot *Ungeziefer* peut évoquer en allemand une idée de
grouillement ou de vermine. Ce n'est pas le cas ici : l'insecte est seul
dans son lit. De même, l'adjectif *ungeheuer* semble signifier ici
« énorme », plutôt que « monstrueux » (encore que cette nuance
intervienne aussi à l'arrière-plan). Dans une transposition scénique
de *La Métamorphose*, l'insecte était représenté comme une grosse
punaise : ce n'était pas suffisant, l'énorme bête recouvre manifestement le lit tout entier. (Cf. p. 30 : « *weil er so ungemein breit war* » ou
p. 72 : « *sein Körper zu breit war, um ohne weiteres durchzukommen* », etc.)
Lorsque son récit fut imprimé, en 1915, Kafka insista d'ailleurs pour
que l'insecte ne soit pas représenté dans le livre. La gravure publiée
montre une porte à demi ouverte ; un homme se tient devant elle en
se cachant le visage dans ses mains. Rappelons aussi que le père de
Kafka avait coutume de traiter de « vermine » l'acteur Jizschak
Löwy, l'ami de l'écrivain, en ajoutant : « Qui couche avec les chiens
attrape des puces. » (Voir Kafka, *Œuvres complètes*, Bibliothèque de la
Pléiade, IV, p. 840 et 1319.)

Seine vielen, im Vergleich zu seinem sonstigen Umfang kläglich dünnen Beine flimmerten ihm hilflos vor den Augen[1].

« Was ist mit mir geschehen? » dachte er. Es war kein Traum. Sein Zimmer, ein richtiges, nur etwas zu kleines Menschenzimmer, lag ruhig zwischen den vier wohlbekannten Wänden. Über dem Tisch, auf dem eine auseinandergepackte Musterkollektion von Tuchwaren ausgebreitet war — Samsa war Reisender —, hing das Bild, das er vor kurzem aus einer illustrierten Zeitschrift ausgeschnitten und in einem hübschen, vergoldeten Rahmen untergebracht hatte. Es stellte eine Dame dar[2], die, mit einem Pelzhut und einer Pelzboa versehen, aufrecht dasaß und einen schweren Pelzmuff, in dem ihr ganzer Unterarm verschwunden war, dem Beschauer entgegenhob.

Gregors Blick richtete sich dann zum Fenster, und das trübe Wetter — man hörte Regentropfen auf das Fensterblech aufschlagen — machte ihn ganz melancholisch. « Wie wäre es, wenn ich noch ein wenig weiterschliefe und alle Narrheiten vergäße », dachte er, aber das war gänzlich undurchführbar, denn er war gewöhnt, auf der rechten Seite zu schlafen, konnte sich aber in seinem gegenwärtigen Zustand nicht in diese Lage bringen. Mit welcher Kraft er sich auch auf die rechte Seite warf, immer wieder schaukelte er in die Rückenlage zurück.

1. On lit déjà dans *Préparatifs de noce à la campagne* (Kafka, *Œuvres complètes*, Bibliothèque de la Pléiade, II, p. 84) : « Je presse mes petites pattes contre mon abdomen renflé. »

Ses nombreuses pattes pitoyablement minces quand on les comparait à l'ensemble de sa taille, papillotaient maladroitement devant ses yeux.

« Que m'est-il arrivé ? » pensa-t-il. Ce n'était pas un rêve. Sa chambre, une chambre humaine ordinaire, tout au plus un peu exiguë, était toujours là entre les quatre cloisons qu'il connaissait bien. Au-dessus de la table, sur laquelle était déballée une collection d'échantillons de lainages — Samsa était voyageur de commerce —, était accrochée la gravure qu'il avait récemment découpée dans une revue illustrée et qu'il avait installée dans un joli cadre doré. Elle représentait une dame, assise tout droit sur une chaise, avec une toque de fourrure et un boa, qui tendait vers les gens un lourd manchon, dans lequel son avant-bras disparaissait tout entier.

Le regard de Gregor se dirigea alors vers la fenêtre et le temps maussade — on entendait les gouttes de pluie frapper l'encadrement de métal — le rendit tout mélancolique. « Et si je continuais un peu à dormir et oubliais toutes ces bêtises », pensa-t-il, mais cela était tout à fait irréalisable, car il avait coutume de dormir sur le côté droit et il lui était impossible, dans son état actuel, de se mettre dans cette position. Il avait beau se jeter de toutes ses forces sur le côté droit, il rebondissait sans cesse sur le dos.

2. Dès le début apparaît l'image de la dame au manchon, symbole de la sexualité refoulée de Gregor Samsa, et préparant l'épisode de la page 121.

Er versuchte es wohl hundertmal, schloß die Augen, um die zappelnden Beine nicht sehen zu müssen, und ließ erst ab, als er in der Seite einen noch nie gefühlten, leichten, dumpfen Schmerz zu fühlen begann.

« Ach Gott », dachte er, « was für einen anstrengenden Beruf habe ich gewählt! Tagaus, tagein auf der Reise. Die geschäftlichen Aufregungen sind viel größer als im eigentlichen Geschäft zu Hause, und außerdem ist mir noch diese Plage des Reisens auferlegt, die Sorgen um die Zuganschlüsse, das unregelmäßige, schlechte Essen, ein immer wechselnder, nie andauernder, nie herzlich werdender menschlicher Verkehr. Der Teufel soll das alles holen! » Er fühlte ein leichtes Jucken oben auf dem Bauch; schob sich auf dem Rücken langsam näher zum Bettpfosten, um den Kopf besser heben zu können; fand die juckende Stelle, die mit lauter kleinen weißen Pünktchen besetzt war, die er nicht zu beurteilen verstand; und wollte mit einem Bein die Stelle betasten, zog es aber gleich zurück, denn bei der Berührung umwehten ihn Kälteschauer [1].

Er glitt wieder in seine frühere Lage zurück. « Dies frühzeitige Aufstehen », dachte er, « macht einen ganz blödsinnig. Der Mensch muß seinen Schlaf haben. Andere Reisende leben wie Haremsfrauen. Wenn ich zum Beispiel im Laufe des Vormittags ins Gasthaus zurückgehe, um die erlangten Aufträge zu überschreiben, sitzen diese Herren erst beim Frühstück.

---

1. Le corps inconnu et éprouvé comme imprévisible. Image outrée d'une hypocondrie qui n'était pas étrangère au psychisme de Kafka. Ce n'est d'ailleurs ici qu'un premier temps; la sensation d'étrangeté disparaîtra vite, Gregor se sentira promptement réconcilié avec son corps.

Il essaya bien une centaine de fois, en fermant les yeux pour ne pas être obligé de voir s'agiter ses petites pattes et n'arrêta que quand il commença à éprouver sur le côté une vague douleur sourde, qu'il ne connaissait pas encore.

« Ah, mon Dieu », pensa-t-il, « quel métier exténuant j'ai donc choisi ! Jour après jour en voyage. Les ennuis professionnels sont bien plus grands que ceux qu'on aurait en restant au magasin et j'ai par-dessus le marché la corvée des voyages, le souci des changements de trains, la nourriture irrégulière et médiocre, des têtes toujours nouvelles, jamais de relations durables ni cordiales avec personne. Le diable emporte ce métier ! » Il sentit une légère démangeaison sur le haut du ventre, se glissa lentement sur le dos pour se rapprocher du montant du lit, afin de pouvoir lever la tête plus commodément ; il trouva l'endroit de la démangeaison recouvert d'une masse de petits points blancs, dont il ignorait la nature ; il voulut tâter l'emplacement avec une de ses pattes, mais il la retira aussitôt, car le contact lui donnait des frissons.

Il se laissa glisser dans sa position antérieure. « On devient complètement stupide », pensa-t-il, « à se lever d'aussi bonne heure. L'homme a besoin de sommeil. Il y a d'autres voyageurs qui vivent comme les femmes de harem. Quand je retourne par exemple à l'auberge au cours de la matinée pour recopier les commandes que j'ai reçues, ces messieurs n'en sont qu'à leur petit déjeuner.

Das sollte ich bei meinem Chef versuchen; ich würde auf der Stelle hinausfliegen. Wer weiß übrigens, ob das nicht sehr gut für mich wäre. Wenn ich mich nicht wegen meiner Eltern zurückhielte, ich hätte längst gekündigt[1], ich wäre vor den Chef hingetreten und hätte ihm meine Meinung von Grund des Herzens aus gesagt. Vom Pult hätte er fallen müssen! Es ist auch eine sonderbare Art, sich auf das Pult zu setzen und von der Höhe herab mit dem Angestellten zu reden, der überdies wegen der Schwerhörigkeit des Chefs ganz nahe herantreten muß. Nun, die Hoffnung ist noch nicht gänzlich aufgegeben; habe ich einmal das Geld beisammen, um die Schuld der Eltern an ihn abzuzahlen — es dürfte noch fünf bis sechs Jahre dauern[2] —, mache ich die Sache unbedingt. Dann wird der große Schnitt gemacht. Vorläufig allerdings muß ich aufstehen, denn mein Zug fährt um fünf. »

Und er sah zur Weckuhr hinüber, die auf dem Kasten tickte. « Himmlischer Vater! » dachte er. Es war halb sieben Uhr, und die Zeiger gingen ruhig vorwärts, es war sogar halb vorüber, es näherte sich schon drei Viertel. Sollte der Wecker nicht geläutet haben? Man sah vom Bett aus, daß er auf vier Uhr richtig eingestellt war; gewiß hatte er auch geläutet. Ja, aber war es möglich, dieses möbelerschütternde Läuten ruhig zu verschlafen?

1. Il y avait donc un élément de révolte chez Gregor Samsa, mais il avait été vite étouffé. Il lui avait substitué des triomphes imaginaires sur son patron, qui ne faisaient qu'illustrer sa faiblesse.
2. On connaîtra plus loin (p. 93) l'origine de cette situation : l'entreprise que possédait le père de Gregor avait fait faillite cinq ans plus tôt et il avait fallu emprunter de l'argent à l'actuel patron de Gregor. Ce dernier pensait que cette dette n'était pas encore éteinte.

Il ferait beau que j'en fisse de même avec mon patron ; je sauterais immédiatement. Qui sait d'ailleurs si ce n'est pas ce qui pourrait m'arriver de mieux ? Si je ne me retenais pas à cause de mes parents, j'aurais donné ma démission depuis longtemps, je serais allé voir le patron et je lui aurais vidé mon sac. Il en serait tombé du haut de son bureau ! Quelle habitude aussi de se percher sur le bord du comptoir et de haranguer de là-haut ses employés ! Surtout quand on est dur d'oreille comme le patron et qu'on oblige les gens à s'approcher tout près ! Enfin, tout espoir n'est pas perdu ; quand j'aurai réuni l'argent nécessaire pour rembourser la somme que mes parents lui doivent — cela demandera bien cinq ou six ans —, c'est certainement ce que je ferai. Et alors, point final et on tourne la page. Mais, en attendant, il faut que je me lève, car mon train part à cinq heures. »

Et il regarda du côté du réveil, dont on entendait le tic-tac sur la commode. « Dieu du ciel », pensa-t-il. Il était six heures et demie et les aiguilles continuaient tranquillement à tourner, il était même la demie passée et on n'était pas loin de sept heures moins le quart. Le réveil par hasard n'aurait-il pas sonné ? On pouvait voir du lit qu'il était bien réglé sur quatre heures, comme il convenait ; il avait certainement sonné. Mais alors, comment Gregor avait-il pu dormir tranquille avec cette sonnerie à faire trembler les meubles ?

En fait, comme il le découvrira plus tard, tout n'avait pas été perdu lors de la faillite ; le père dissimulait dans un petit coffre-fort, dont il avait caché l'existence à son fils, ce qu'il avait pu sauver du désastre. Gregor était donc seul à faire vivre la famille, ce qu'il acceptait sans révolte et même avec fierté. La haine du fils envers le père n'apparaît qu'à peine dans le récit ; les sentiments de Kafka envers sa famille étaient beaucoup moins nuancés.

Nun, ruhig hatte er ja nicht geschlafen, aber wahrscheinlich desto fester. Was aber sollte er jetzt tun? Der nächste Zug ging um sieben Uhr; um den einzuholen, hätte er sich unsinnig beeilen müssen, und die Kollektion war noch nicht eingepackt, und er selbst fühlte sich durchaus nicht besonders frisch und beweglich. Und selbst wenn er den Zug einholte, ein Donnerwetter des Chefs war nicht zu vermeiden, denn der Geschäftsdiener hatte beim Fünfuhrzug gewartet und die Meldung von seiner Versäumnis längst erstattet. Er war eine Kreatur des Chefs, ohne Rückgrat und Verstand. Wie nun, wenn er sich krank meldete? Das wäre aber äußerst peinlich und verdächtig, denn Gregor war während seines fünfjährigen Dienstes noch nicht einmal krank gewesen. Gewiß würde der Chef mit dem Krankenkassenarzt kommen, würde den Eltern wegen des faulen Sohnes Vorwürfe machen und alle Einwände durch den Hinweis auf den Krankenkassenarzt abschneiden, für den es ja überhaupt nur ganz gesunde, aber arbeitsscheue Menschen gibt[1]. Und hätte er übrigens in diesem Falle so ganz unrecht? Gregor fühlte sich tatsächlich, abgesehen von einer nach dem langen Schlaf wirklich überflüssigen Schläfrigkeit, ganz wohl und hatte sogar einen besonders kräftigen Hunger.

1. De telles phrases ont pu faire penser qu'il y avait chez Kafka les éléments d'une critique sociale. Mais elle ne joue dans ce récit qu'un rôle infime. Le sujet de l'histoire est le destin de Gregor et ce destin n'est que très secondairement décidé par les structures de la société.

Non, son sommeil n'avait certes pas été paisible, mais sans doute n'avait-il dormi que plus profondément. Que faire maintenant ? Le prochain train partait à sept heures ; pour l'attraper encore, il aurait fallu se précipiter comme un fou, la collection n'était même pas empaquetée et enfin, il ne se sentait pas particulièrement frais et dispos. Et d'ailleurs, même s'il parvenait encore à attraper ce train-là, une algarade du patron était inévitable, car le garçon de courses avait attendu Gregor au train de cinq heures et avait certainement déjà depuis longtemps prévenu tout le monde de son retard. C'était une créature du patron, un individu sans épine dorsale et sans le moindre soupçon d'intelligence. S'il se faisait porter malade ? Mais ç'eût été désagréable et cela eût paru suspect, car, depuis cinq ans qu'il était en service, il n'avait pas été malade une seule fois. Le patron arriverait certainement, accompagné du médecin des assurances, il ferait des reproches aux parents à cause de la paresse de leur fils et couperait court à toutes les objections en se référant au médecin des assurances, pour lequel il n'y avait pas de malades, mais seulement des gens qui n'avaient pas envie de travailler. D'ailleurs, aurait-il eu tellement tort en l'occurrence ? En dépit d'une somnolence, dont on se serait bien passé après toutes ces heures de sommeil, Gregor se sentait en excellent état ; il avait même une faim de loup.

Als er dies alles in größter Eile überlegte, ohne sich entschließen zu können, das Bett zu verlassen — gerade schlug der Wecker drei Viertel sieben —, klopfte es vorsichtig an die Tür am Kopfende seines Bettes. « Gregor », rief es — es war die Mutter —, « es ist drei Viertel sieben. Wolltest du nicht wegfahren ? » Die sanfte Stimme ! Gregor erschrak, als er seine antwortende Stimme hörte, die wohl unverkennbar seine frühere war, in die sich aber, wie von unten her, ein nicht zu unterdrückendes, schmerzliches Piepsen mischte, das die Worte förmlich nur im ersten Augenblick in ihrer Deutlichkeit beließ, um sie im Nachklang derart zu zerstören, daß man nicht wußte, ob man recht gehört hatte. Gregor hatte ausführlich antworten und alles erklären wollen, beschränkte sich aber bei diesen Umständen darauf, zu sagen : « Ja, ja, danke Mutter, ich stehe schon auf. » Infolge der Holztür war die Veränderung in Gregors Stimme draußen wohl nicht zu merken, denn die Mutter beruhigte sich mit dieser Erklärung und schlürfte davon[1]. Aber durch das kleine Gespräch waren die anderen Familienmitglieder darauf aufmerksam geworden, daß Gregor wider Erwarten noch zu Hause war, und schon klopfte an der einen Seitentür der Vater, schwach, aber mit der Faust. « Gregor, Gregor », rief er, « was ist denn ? » Und nach einer kleinen Weile mahnte er nochmals mit tieferer Stimme :

1. DAVON SCHLÜRFEN. La forme habituelle du verbe est *schlurfen*, marcher en laissant traîner les semelles sur le sol. La forme *schlürfen* est un provincialisme. Inversement, le mot *schlürfen* signifie déguster, siroter, alors que, dans ce sens, c'est la forme *schlurfen* qui est un provincialisme.

Comme il retournait en toute hâte ces pensées dans sa tête sans pouvoir se décider à quitter son lit, on frappa prudemment à la porte située à côté de son chevet, au moment où le réveil sonnait les trois quarts. « Gregor ! » disait-on — c'était sa mère — « il est sept heures moins le quart. N'avais-tu pas l'intention de prendre le train ? » Oh ! la douce voix ! Gregor prit peur en s'entendant répondre. C'était bien sa voix, incontestablement, mais il s'y mêlait, comme venant d'en dessous, une sorte de piaulement douloureux, irrépressible ; au premier moment, on reconnaissait correctement les mots, mais tout se brouillait ensuite, au point qu'on se demandait si l'on avait bien entendu. Gregor voulait répondre en détail et tout expliquer ; mais, dans ces conditions, il se contenta de répondre : « Si, si, merci, mère. Je me lève tout de suite. » Il était apparemment impossible à travers le bois de la porte de remarquer son changement de voix, car la mère de Gregor fut rassurée par cette explication et s'éloigna en traînant la savate. Mais cette brève conversation avait alerté les autres membres de la famille sur le fait que Gregor, contre toute attente, était encore là et son père s'était mis à frapper à l'une des portes latérales, doucement, mais avec le poing : « Gregor, Gregor », criait-il, « que se passe-t-il donc ? » Et au bout d'un moment, il le rappelait de nouveau à l'ordre d'une voix plus grave :

« Gregor! Gregor! » An der anderen Seitentür aber
klagte leise die Schwester : « Gregor? Ist dir nicht
wohl? Brauchst du etwas? » Nach beiden Seiten hin
antwortete Gregor : « Bin schon fertig », und bemühte
sich, durch die sorgfältigste Aussprache und durch
Einschaltung von langen Pausen zwischen den einzel-
nen Worten seiner Stimme alles Auffallende zu nehmen[1]. Der Vater kehrte auch zu seinem Frühstück
zurück, die Schwester aber flüsterte : « Gregor, mach
auf, ich beschwöre dich. » Gregor aber dachte gar
nicht daran aufzumachen, sondern lobte die vom
Reisen her übernommene Vorsicht, auch zu Hause alle
Türen während der Nacht zu versperren.

Zunächst wollte er ruhig und ungestört aufstehen,
sich anziehen und vor allem frühstücken, und dann
erst das Weitere überlegen, denn, das merkte er wohl,
im Bett würde er mit dem Nachdenken zu keinem
vernünftigen Ende kommen. Er erinnerte sich, schon
öfters im Bett irgendeinen vielleicht durch ungeschick-
tes Liegen erzeugten, leichten Schmerz empfunden zu
haben, der sich dann beim Aufstehen als reine Einbil-
dung herausstellte, und er war gespannt, wie sich seine
heutigen Vorstellungen allmählich auflösen würden.
Daß die Veränderung der Stimme nichts anderes war
als der Vorbote einer tüchtigen Verkühlung, einer
Berufskrankheit der Reisenden, daran zweifelte er
nicht im geringsten.

Die Decke abzuwerfen war ganz einfach; er
brauchte sich nur ein wenig aufzublasen und sie fiel
von selbst. Aber weiterhin wurde es schwierig, besonders weil er so ungemein breit war.

1. A ce moment de sa métamorphose, Gregor, encore conscient et
honteux des modifications de son corps, cherche à les dissimuler.

« Gregor ! Gregor ! » A une autre porte latérale, la sœur du jeune homme disait doucement, d'une voix plaintive : « Gregor ! Es-tu malade ? As-tu besoin de quelque chose ? » Gregor répondit des deux côtés à la fois : « Je suis prêt dans une minute », en s'efforçant d'articuler distinctement et en laissant de grands intervalles entre les mots pour dissimuler la singularité de sa voix. Le père retourna d'ailleurs à son petit déjeuner, mais la sœur murmurait : « Ouvre, Gregor, je t'en conjure. » Mais Gregor ne songeait pas à ouvrir, il se félicita de la précaution qu'il avait prise, à force de voyager, de fermer toujours les portes à clef, même chez lui.

Il voulait d'abord se lever tranquillement, sans être gêné par personne, s'habiller et surtout prendre son petit déjeuner ; il serait temps ensuite de réfléchir, car il comprenait bien qu'en restant couché, il ne parviendrait pas à trouver une solution raisonnable. Il se rappela avoir souvent éprouvé au lit, peut-être à la suite d'une mauvaise position, une légère douleur, qui s'était ensuite révélée imaginaire au moment du réveil ; et il était curieux de voir si ses impressions d'aujourd'hui allaient, elles aussi, peu à peu se dissiper. Quant à la transformation de sa voix, il ne doutait pas un instant que ce fût seulement le signe prémonitoire d'un bon rhume, la maladie professionnelle des voyageurs de commerce.

Il n'eut aucun mal à rejeter la couverture ; il lui suffit de se gonfler un peu et elle tomba d'elle-même. Mais ensuite les choses se gâtèrent, surtout à cause de sa largeur insolite.

Er hätte Arme und Hände gebraucht, um sich aufzurichten; statt dessen aber hatte er nur die vielen Beinchen, die ununterbrochen in der verschiedensten Bewegung waren und die er überdies nicht beherrschen konnte. Wollte er eines einmal einknicken[1], so war es das erste, daß er sich streckte; und gelang es ihm endlich, mit diesem Bein das auszuführen, was er wollte, so arbeiteten inzwischen alle anderen, wie freigelassen, in höchster, schmerzlicher Aufregung. « Nur sich nicht im Bett unnütz[2] aufhalten », sagte sich Gregor.

Zuerst wollte er mit dem unteren Teil seines Körpers aus dem Bett hinauskommen, aber dieser untere Teil, den er übrigens noch nicht gesehen hatte und von dem er sich auch keine rechte Vorstellung machen konnte, erwies sich als zu schwer beweglich; es ging so langsam; und als er schließlich, fast wild geworden, mit gesammelter Kraft, ohne Rücksicht sich vorwärtsstieß, hatte er die Richtung falsch gewählt, schlug an den unteren Bettpfosten heftig an, und der brennende Schmerz, den er empfand, belehrte ihn, daß gerade der untere Teil seines Körpers augenblicklich vielleicht der empfindlichste war.

Er versuchte es daher, zuerst den Oberkörper aus dem Bett zu bekommen, und drehte vorsichtig den Kopf dem Bettrand zu. Dies gelang auch leicht, und trotz ihrer Breite und Schwere folgte schließlich die Körpermasse langsam der Wendung des Kopfes.

1. EINKNICKEN : Plier, de *Knick*, tournant, changement soudain de direction : *das Rohr hat einen Knick, die Straße macht einen Knick* : la rue tourne brusquement.
2. UNNÜTZ : L'adjectif est rarement, comme ici, utilisé adverbialement, dans le sens de *unnötigerweise*.

Il aurait fallu s'aider des bras et des mains pour se redresser; mais il n'avait que de petites pattes qui n'arrêtaient pas de remuer dans tous les sens et sur lesquelles il n'avait aucun moyen d'action. S'il voulait plier l'une d'entre elles, elle commençait par s'allonger; et s'il parvenait enfin à faire faire à cette patte ce qu'il voulait, toutes les autres, abandonnées à elles-mêmes, se livraient aussitôt à une vive agitation des plus pénibles. « Surtout, ne pas rester inutilement au lit », se dit-il.

Il voulut d'abord sortir du lit par le bas du corps, mais cette partie inférieure de son corps, que d'ailleurs il n'avait encore jamais vue et dont il ne parvenait pas à se faire une idée précise, s'avéra trop difficile à mouvoir; tout cela bougeait si lentement; et quand enfin, exaspéré, il se poussa brutalement de toutes ses forces en avant, il calcula mal sa trajectoire et vint se heurter violemment à l'un des montants du lit et la douleur cuisante qu'il éprouva lui fit comprendre que la partie inférieure de son corps était peut-être pour l'instant la plus sensible.

Il essaya donc de sortir d'abord par le haut et tourna la tête avec précaution vers le bord du lit. Il y parvint sans peine et la masse de son corps, malgré sa largeur et son poids, finit par suivre lentement les mouvements de sa tête.

Aber als er den Kopf endlich außerhalb des Bettes in der freien Luft hielt, bekam er Angst, weiter auf diese Weise vorzurücken, denn wenn er sich schließlich so fallen ließ, mußte geradezu ein Wunder geschehen, wenn der Kopf nicht verletzt werden sollte. Und die Besinnung durfte er gerade jetzt um keinen Preis verlieren; lieber wollte er im Bett bleiben.

Aber als er wieder nach gleicher Mühe aufseufzend so dalag wie früher, und wieder seine Beinchen womöglich noch ärger gegeneinander kämpfen sah und keine Möglichkeit fand, in diese Willkür Ruhe und Ordnung zu bringen, sagte er sich wieder, daß er unmöglich im Bett bleiben könne und daß es das Vernünftigste sei, alles zu opfern, wenn auch nur die kleinste Hoffnung bestünde, sich dadurch vom Bett zu befreien. Gleichzeitig aber vergaß er nicht, sich zwischendurch daran zu erinnern, daß viel besser als verzweifelte Entschlüsse ruhige und ruhigste Überlegung sei. In solchen Augenblicken richtete er die Augen möglichst scharf auf das Fenster, aber leider war aus dem Anblick des Morgennebels, der sogar die andere Seite der engen Straße verhüllte, wenig Zuversicht und Munterkeit zu holen. « Schon sieben Uhr », sagte er sich beim neuerlichen Schlagen des Weckers, « schon sieben Uhr und noch immer ein solcher Nebel. » Und ein Weilchen lang lag er ruhig mit schwachem Atem, als erwarte er vielleicht von der völligen Stille die Wiederkehr der wirklichen und selbstverständlichen Verhältnisse [1].

---

1. Le regard jeté sur la fenêtre pour s'appuyer à un point de référence solide, la volonté de retrouver en toute chose « son évidence coutumière », éclairent le sens de la métamorphose dont

Mais lorsque la tête fut entièrement sortie à l'air libre, il eut peur de continuer à progresser de cette manière ; car, s'il se laissait tomber de la sorte, c'eût été un miracle qu'il ne se fracassât pas le crâne. Et ce n'était certes pas le moment de perdre ses moyens. Mieux valait encore rester au lit.

Mais quand, après s'être donné à nouveau le même mal, il se retrouva en soupirant dans la même position et qu'il vit à nouveau ses petites pattes se livrer bataille avec plus de violence encore qu'auparavant, sans trouver aucun moyen de rétablir un peu d'ordre et de calme dans toute cette confusion, il se dit derechef qu'il lui était absolument impossible de rester au lit et que le plus raisonnable était encore de tout risquer, s'il subsistait un espoir, si léger soit-il, de sortir ainsi du lit. Ce qui ne l'empêchait pas de se rappeler, de temps à autre, que la réflexion et le sang-froid valent mieux que les résolutions désespérées. A ces moments-là, il fixait ses regards aussi fermement qu'il le pouvait sur la fenêtre ; mais malheureusement le brouillard du matin noyait tout, jusqu'au bord opposé de l'étroite ruelle et il y avait peu d'encouragement et d'espoir à attendre de ce côté-là. « Sept heures ! », pensa-t-il en entendant à nouveau la sonnerie du réveil, « et le brouillard n'a pas diminué », et il resta couché un moment immobile en retenant son souffle, comme s'il espérait que le calme total allât rendre à toute chose son évidence coutumière.

Gregor est victime : il s'interroge, non seulement sur lui-même, mais aussi sur le sens du monde, il a perdu toute certitude et toute sécurité. On en peut dire autant de Joseph K. dans *Le Procès*.

Dann aber sagte er sich : « Ehe es ein Viertel acht schlägt, muß ich unbedingt das Bett vollständig verlassen haben. Im übrigen wird auch bis dahin jemand aus dem Geschäft kommen, um nach mir zu fragen, denn das Geschäft wird vor sieben Uhr geöffnet. » Und er machte sich nun daran, den Körper in seiner ganzen Länge vollständig gleichmäßig aus dem Bett hinauszuschaukeln. Wenn er sich auf diese Weise aus dem Bett fallen ließ, blieb der Kopf, den er beim Fall scharf heben wollte, voraussichtlich unverletzt. Der Rücken schien hart zu sein ; dem würde wohl bei dem Fall auf den Teppich nichts geschehen. Das größte Bedenken machte ihm die Rücksicht auf den lauten Krach, den es geben müßte und der wahrscheinlich hinter allen Türen wenn nicht Schrecken, so doch Besorgnisse erregen würde. Das mußte aber gewagt werden.

Als Gregor schon zur Hälfte aus dem Bette ragte — die neue Methode war mehr ein Spiel als eine Anstrengung, er brauchte immer nur ruckweise[1] zu schaukeln —, fiel ihm ein, wie einfach alles wäre, wenn man ihm zu Hilfe käme. Zwei starke Leute — er dachte an seinen Vater und das Dienstmädchen — hätten vollständig genügt ; sie hätten ihre Arme nur unter seinen gewölbten Rücken schieben, ihn so aus dem Bett schälen[2] sich mit der Last niederbeugen und dann bloß vorsichtig dulden müssen, daß er den Überschwung[3] auf dem Fußboden vollzog, wo dann die Beinchen hoffentlich einen Sinn bekommen würden.

1. RUCKWEISE : Par petites poussées, par petits coups.
2. AUS DEM BETT SCHÄLEN : Le tirer hors du lit comme on sort un objet de son enveloppe.
3. ÜBERSCHWUNG : Mot rare, peut-être même néologisme de Kafka, à partir de *sich schwingen*, se lancer, prendre un élan.

Mais il se dit ensuite : « Avant que ne sonne huit heures un quart, il faut absolument que j'aie quitté le lit. Quelqu'un du magasin sera d'ailleurs venu demander de mes nouvelles, car ils ouvrent avant sept heures ! » Et il se mit à balancer son corps de tout son long d'un mouvement régulier pour le sortir du lit. S'il se laissait tomber de cette façon, il pourrait sans doute éviter de se blesser la tête, pourvu qu'il la tînt bien droite au moment de la chute. Son dos semblait dur et il ne se passerait probablement rien lorsqu'il toucherait le tapis. Sa principale inquiétude venait du grand bruit qu'il ferait sans doute et qui, même à travers les portes closes, pouvait provoquer sinon de l'effroi, du moins de l'inquiétude. Mais il fallait risquer.

Lorsque Gregor eut à moitié émergé du lit — la nouvelle méthode était plus un jeu qu'un effort, il suffisait de se balancer —, il se mit à penser que tout aurait été facile si on était venu l'aider. Deux personnes vigoureuses — il pensait à son père et à la bonne — auraient amplement suffi : elles auraient passé les bras sous son dos bombé, l'auraient extrait du lit, se seraient penchées avec leur fardeau et auraient simplement attendu patiemment qu'il rebondisse de lui-même sur le sol, où l'on pouvait espérer que les petites pattes eussent rempli leur office.

Nun, ganz abgesehen davon, daß die Türen versperrt waren, hätte er wirklich um Hilfe rufen sollen? Trotz aller Not konnte er bei diesem Gedanken ein Lächeln nicht unterdrücken.

Schon war er so weit, daß er bei stärkerem Schaukeln kaum das Gleichgewicht noch erhielt, und sehr bald mußte er sich nun endgültig entscheiden, denn es war in fünf Minuten ein Viertel acht, — als es an der Wohnungstür läutete. « Das ist jemand aus dem Geschäft », sagte er sich und erstarrte fast, während seine Beinchen nur desto eiliger tanzten. Einen Augenblick blieb alles still. « Sie öffnen nicht », sagte sich Gregor, befangen in irgendeiner unsinnigen Hoffnung. Aber dann ging natürlich wie immer das Dienstmädchen festen Schrittes zur Tür und öffnete. Gregor brauchte nur das erste Grußwort des Besuchers zu hören und wußte schon, wer es war — der Prokurist [1] selbst. Warum war nur Gregor dazu verurteilt, bei einer Firma zu dienen, wo man bei der kleinsten Versäumnis gleich den größten Verdacht faßte? Waren denn alle Angestellten samt und sonders Lumpen, gab es denn unter ihnen keinen treuen, ergebenen Menschen, der, wenn er auch nur ein paar Morgenstunden für das Geschäft nicht ausgenützt hätte, vor Gewissensbissen närrisch wurde und geradezu nicht imstande war, das Bett zu verlassen? Genügte es wirklich nicht, einen Lehrjungen nachfragen zu lassen — wenn überhaupt diese Fragerei nötig war —,

1. PROKURIST : L'employé qui a reçu les pleins pouvoirs de signature et de décision.

Mais, outre que les portes étaient fermées, aurait-il dû vraiment appeler à l'aide ? En dépit de tout son malheur, il avait de la peine, à cette idée, à réprimer un sourire.

Il en était déjà si loin dans l'opération que, même en accentuant le mouvement de balancement, il parvenait difficilement à garder l'équilibre ; il lui fallait prendre une décision définitive, car dans cinq minutes il serait huit heures un quart ; mais soudain il entendit sonner à la porte de l'appartement. « C'est quelqu'un du magasin », se dit-il, et il resta figé sur place, tandis que ses petites pattes s'agitaient plus frénétiquement encore. Tout resta un moment silencieux. « Ils n'ouvrent pas », se dit Gregor, pris d'un espoir insensé. Mais aussitôt, la bonne se dirigea comme toujours de son pas ferme vers la porte et l'ouvrit. Il suffit à Gregor d'entendre les premiers mots du visiteur pour comprendre de qui il s'agissait : c'était le fondé de pouvoir en personne.. Pourquoi fallait-il que Gregor fût condamné à travailler dans une affaire où, au moindre manquement, on concevait aussitôt les pires soupçons ? Les employés étaient-ils donc tous sans exception des fripons ? N'y avait-il parmi eux aucun de ces serviteurs fidèles et dévoués qui, s'il leur arrivait un matin de laisser passer une ou deux heures sans les consacrer au magasin, fussent aussitôt saisis de remords insensés au point de ne pas pouvoir se lever de leur lit ? N'aurait-il pas suffi d'envoyer un apprenti aux renseignements — à supposer qu'un interrogatoire parût même nécessaire —;

mußte da der Prokurist selbst kommen, und mußte dadurch der ganzen unschuldigen Familie gezeigt werden, daß die Untersuchung dieser verdächtigen Angelegenheit nur dem Verstand des Prokuristen anvertraut werden konnte [1]? Und mehr infolge der Erregung, in welche Gregor durch diese Überlegungen versetzt wurde, als infolge eines richtigen Entschlusses, schwang er sich mit aller Macht aus dem Bett. Es gab einen lauten Schlag, aber ein eigentlicher Krach war es nicht. Ein wenig wurde der Fall durch den Teppich abgeschwächt, auch war der Rücken elastischer, als Gregor gedacht hatte, daher kam der nicht gar so auffallende dumpfe Klang. Nur den Kopf hatte er nicht vorsichtig genug gehalten und ihn angeschlagen; er drehte ihn und rieb ihn an dem Teppich vor Ärger und Schmerz.

« Da drin ist etwas [2] gefallen », sagte der Prokurist im Nebenzimmer links. Gregor suchte sich vorzustellen, ob nicht auch einmal dem Prokuristen etwas Ähnliches passieren könnte, wie heute ihm; die Möglichkeit dessen mußte man doch eigentlich zugeben. Aber wie zur rohen [3] Antwort auf diese Frage machte jetzt der Prokurist im Nebenzimmer ein paar bestimmte Schritte und ließ seine Lackstiefel knarren. Aus dem Nebenzimmer rechts flüsterte die Schwester, um Gregor zu verständigen : « Gregor, der Prokurist ist da. » « Ich weiß », sagte Gregor vor sich hin ; aber so laut, daß es die Schwester hätte hören können, wagte er die Stimme nicht zu erheben.

1. Tout ce passage met évidemment en cause la sévérité avec laquelle sont traités les employés de la maison de commerce. Mais il traduit surtout le désarroi de Gregor devant une situation qu'il a cessé de comprendre. Lui-même s'attribue encore comme un mérite le fait d'être bourrelé de remords à cause de son retard. Ce n'est pas

fallait-il que le fondé de pouvoir vînt lui-même, afin de montrer à toute la famille innocente que l'éclaircissement de cette scabreuse affaire ne pouvait être confié qu'à la perspicacité d'un fondé de pouvoir ? Et à cause de l'agacement que produisaient en lui toutes ces réflexions plutôt que par l'effet d'une véritable décision, il se jeta de toutes ses forces hors du lit. Il y eut un choc, mais non à proprement parler un fracas. La chute avait été un peu amortie par le tapis et le dos était sans doute plus élastique que Gregor ne l'avait tout d'abord pensé ; toujours est-il que le bruit resta assez sourd pour ne pas trop appeler l'attention. Il n'avait simplement pas assez pris garde à sa tête, qui alla se cogner quelque part ; il la tourna de côté et, de .dépit et de souffrance, la frotta contre le tapis.

« Il y a quelque chose qui vient de tomber », dit le fondé de pouvoir dans la pièce de gauche. Gregor chercha à imaginer s'il ne pourrait pas un jour advenir au fondé de pouvoir une aventure semblable à la sienne ; c'était au moins une éventualité qu'on ne pouvait pas écarter. Mais, en guise de réponse brutale à cette question, on entendit dans la pièce d'à côté le fondé de pouvoir avancer de quelques pas d'un air décidé en faisant craquer ses souliers vernis. Et dans la pièce de droite, la sœur disait à voix basse pour avertir Gregor : « Le fondé de pouvoir est là. » « Je sais », dit Gregor à part lui, mais il n'osa pas élever suffisamment la voix pour que sa sœur pût l'entendre.

sa « faute » qu'il remet en question, mais un ordre du monde dont il se sent séparé.

2. Premier moment dans la transformation de Gregor en chose.

3. ROHE ANTWORT : Ici exactement « en guise de sommaire réponse ».

41

« Gregor », sagte nun der Vater aus dem Nebenzimmer links, « der Herr Prokurist ist gekommen und erkundigt sich, warum du nicht mit dem Frühzug weggefahren bist. Wir wissen nicht, was wir ihm sagen sollen. Übrigens will er auch mit dir persönlich sprechen. Also bitte mach die Tür auf. Er wird die Unordnung im Zimmer zu entschuldigen schon die Güte haben. » « Guten Morgen, Herr Samsa », rief der Prokurist freundlich dazwischen. « Ihm ist nicht wohl », sagte die Mutter zum Prokuristen, während der Vater noch an der Tür redete, « ihm ist nicht wohl, glauben Sie mir, Herr Prokurist. Wie würde denn Gregor sonst einen Zug versäumen! Der Junge hat ja nichts im Kopf als das Geschäft. Ich ärgere mich schon fast, daß er abends niemals ausgeht; jetzt war er doch acht Tage in der Stadt, aber jeden Abend war er zu Hause. Da sitzt er bei uns am Tisch und liest still die Zeitung oder studiert Fahrpläne. Es ist schon eine Zerstreuung für ihn, wenn er sich mit Laubsägearbeiten[1] beschäftigt. Da hat er zum Beispiel im Laufe von zwei, drei Abenden einen kleinen Rahmen[2] geschnitzt; Sie werden staunen, wie hübsch er ist; er hängt drin im Zimmer; Sie werden ihn gleich sehen, bis[3] Gregor aufmacht. Ich bin übrigens glücklich, daß Sie da sind, Herr Prokurist; wir allein hätten Gregor nicht dazu gebracht, die Tür zu öffnen; er ist so hartnäckig; und bestimmt ist ihm nicht wohl, trotzdem er es am Morgen geleugnet hat. »

1. LAUBSÄGE : Une scie aux dents fines pour les travaux délicats de menuiserie.
2. Il s'agit évidemment du cadre de la « dame au manchon ».
3. BIS : Usage dialectal de la conjonction, avec le sens de « dès que ». Il s'agit d'un « praguisme », dont Kafka était familier.

« Gregor », disait maintenant le père dans la pièce de gauche, « M. le fondé de pouvoir est arrivé et veut savoir pourquoi tu n'es pas parti par le premier train. Nous ne savons que lui dire. Il veut d'ailleurs te parler personnellement. Ouvre donc la porte, s'il te plaît. Il aura la bonté d'excuser le désordre de ta chambre. » « Bonjour, monsieur Samsa », disait aimablement le fondé de pouvoir dans le même temps. « Il est malade », disait la mère au fondé de pouvoir, tandis que le père continuait à parler à la porte, « il est malade, croyez-moi, monsieur le fondé de pouvoir. Autrement, comment Gregor aurait-il fait pour manquer un train ? C'est un garçon qui n'a rien d'autre en tête que son métier. Je suis même contrariée qu'il ne sorte jamais le soir ; il vient de passer huit jours à la ville, eh bien, aucun soir il n'a quitté la maison. Il reste à table avec nous à lire tranquillement le journal ou à étudier les indicateurs. Sa plus grande distraction, c'est un peu de menuiserie. Dernièrement, il a fabriqué un petit cadre en deux ou trois soirées ; vous auriez peine à croire comme c'est joli ; il l'a accroché dans sa chambre. Vous allez le voir dès qu'il aura ouvert sa porte. Je suis d'ailleurs heureuse que vous soyez là, monsieur le fondé de pouvoir ; à nous seuls, nous n'aurions pas pu décider Gregor à ouvrir sa porte ; il est si têtu ; et il est certainement malade, bien qu'il ait prétendu le contraire ce matin. »

« Ich komme gleich », sagte Gregor langsam und bedächtig und rührte sich nicht, um kein Wort der Gespräche zu verlieren. « Anders, gnädige Frau, kann ich es mir auch nicht erklären », sagte der Prokurist, « hoffentlich ist es nichts Ernstes. Wenn ich auch andererseits sagen muß, daß wir Geschäftsleute — wie man will, leider oder glücklicherweise — ein leichtes Unwohlsein sehr oft aus geschäftlichen Rücksichten einfach überwinden müssen. » « Also kann der Herr Prokurist schon zu dir hinein ? » fragte der ungeduldige Vater und klopfte wiederum an die Tür. « Nein », sagte Gregor. Im Nebenzimmer links trat eine peinliche Stille ein, im Nebenzimmer rechts begann die Schwester zu schluchzen.

Warum ging denn die Schwester nicht zu den anderen ? Sie war wohl erst jetzt aus dem Bett aufgestanden und hatte noch gar nicht angefangen sich anzuziehen. Und warum weinte sie denn ? Weil er nicht aufstand und den Prokuristen nicht hereinließ, weil er in Gefahr war, den Posten zu verlieren, und weil dann der Chef die Eltern mit den alten Forderungen wieder verfolgen würde ? Das waren doch vorläufig wohl unnötige Sorgen. Noch war Gregor hier und dachte nicht im geringsten daran, seine Familie zu verlassen. Augenblicklich lag er wohl da auf dem Teppich, und niemand, der seinen Zustand gekannt hätte, hätte im Ernst von ihm verlangt, daß er den Prokuristen hereinlasse. Aber wegen dieser kleinen Unhöflichkeit, für die sich ja später leicht eine passende Ausrede finden würde, konnte Gregor doch nicht gut sofort weggeschickt werden.

« J'arrive tout de suite », dit Gregor avec une lenteur circonspecte ; mais il restait immobile pour ne pas perdre un mot de la conversation. « Je ne puis en effet m'expliquer la chose autrement, madame », dit le fondé de pouvoir, « j'espère que ce n'est rien de grave. Encore que je doive ajouter que nous autres gens d'affaires, nous sommes souvent malheureusement obligés — ou heureusement, si vous voulez — de négliger par conscience professionnelle une petite indisposition. » « Alors, vas-tu maintenant laisser entrer M. le fondé de pouvoir ? », demanda le père avec impatience, en frappant à nouveau à la porte. « Non », dit Gregor. Dans la pièce de gauche, il se fit un pénible silence, dans la pièce de droite, la sœur se mit à sangloter.

Pourquoi la sœur n'allait-elle pas rejoindre les autres ? Elle venait probablement de sortir tout juste du lit et n'avait pas commencé à s'habiller. Et pourquoi donc pleurait-elle ? Parce qu'il ne se levait pas pour ouvrir au fondé de pouvoir, parce qu'il risquait de perdre son poste, parce que le patron allait demander à nouveau à ses parents le paiement de leur dette ? C'étaient là provisoirement des soucis inutiles. Gregor était encore là et ne songeait pas le moins du monde à abandonner sa famille. Pour l'instant, il est vrai, il était là, couché sur le tapis et, en le voyant dans cet état, personne n'aurait pu exiger sérieusement qu'il fasse entrer le fondé de pouvoir. Mais ce n'était pourtant pas à cause de ce petit manque de courtoisie, pour lequel on trouverait plus tard facilement une excuse, qu'on allait mettre Gregor à la porte.

Und Gregor schien es, daß es viel vernünftiger wäre, ihn jetzt in Ruhe zu lassen, statt ihn mit Weinen und Zureden zu stören. Aber es war eben die Ungewißheit, welche die anderen bedrängte und ihr Benehmen entschuldigte.

« Herr Samsa », rief nun der Prokurist mit erhobener Stimme, « was ist denn los? Sie verbarrikadieren sich da in Ihrem Zimmer, antworten bloß mit Ja und Nein, machen Ihren Eltern schwere, unnötige Sorgen und versäumen — dies nur nebenbei erwähnt — Ihre geschäftlichen Pflichten in einer eigentlich unerhörten Weise. Ich spreche hier im Namen Ihrer Eltern und Ihres Chefs und bitte Sie ganz ernsthaft um eine augenblickliche, deutliche Erklärung[1]. Ich staune, ich staune. Ich glaubte Sie als einen ruhigen, vernünftigen Menschen zu kennen, und nun scheinen Sie plötzlich anfangen zu wollen, mit sonderbaren Launen zu paradieren. Der Chef deutete mir zwar heute früh eine mögliche Erklärung für Ihre Versäumnis an — sie betraf das Ihnen seit kurzem anvertraute Inkasso[2] —, aber ich legte wahrhaftig fast mein Ehrenwort dafür ein, daß diese Erklärung nicht zutreffen könne. Nun aber sehe ich hier Ihren unbegreiflichen Starrsinn und verliere ganz und gar jede Lust, mich auch nur im geringsten für Sie einzusetzen. Und Ihre Stellung ist durchaus nicht die festeste.

---

1. Les propos du fondé de pouvoir paraissent, une fois encore, hors de proportion avec la faute apparente de Gregor. Mais il exige une « explication claire » ; or, c'est justement ce que Gregor ne peut pas donner ; sa situation est de celles sur lesquelles la raison est

Et Gregor avait l'impression qu'il serait beaucoup plus raisonnable pour l'instant de le laisser tranquille, plutôt que de l'accabler de larmes et d'exhortations. Mais c'était l'incertitude qui les angoissait ainsi et qui excusait leur attitude.

Maintenant, le fondé de pouvoir élevait la voix : « Monsieur Samsa », criait-il, « que se passe-t-il ? Vous vous barricadez dans votre chambre, vous ne répondez que par oui et par non, vous causez inutilement de grands soucis à vos parents et vous négligez vos obligations professionnelles, soit dit en passant, d'une façon proprement inouïe. Je parle ici au nom de vos parents et de votre directeur et je vous prie très sérieusement de nous donner à l'instant même une explication claire. Je suis étonné, très étonné. Je croyais vous connaître comme un homme calme et raisonnable et voilà que tout à coup vous semblez vouloir vous faire remarquer par vos extravagances. Le directeur suggérait bien, ce matin, une explication possible de votre absence — il s'agit des encaissements qu'on vous a confiés depuis quelque temps —, mais je lui ai presque donné ma parole que cette explication ne pouvait pas être la bonne. Mais maintenant, je suis témoin de votre incompréhensible entêtement et cela m'ôte tout désir de prendre en quoi que ce soit votre défense. Et votre situation n'est pas du tout des plus solides.

---

entièrement sans pouvoir. Derrière la scène « réaliste » se profile un dialogue impossible entre la raison et une réalité qui lui échappe.

2. INKASSO : Les encaissements. Le mot ne s'emploie que dans le domaine autrichien.

Ich hatte ursprünglich die Absicht, Ihnen das alles unter vier Augen zu sagen, aber da Sie mich hier nutzlos meine Zeit versäumen lassen, weiß ich nicht, warum es nicht auch Ihre Herren Eltern erfahren sollen. Ihre Leistungen in der letzten Zeit waren also sehr unbefriedigend; es ist zwar nicht die Jahreszeit, um besondere Geschäfte zu machen, das erkennen wir an; aber eine Jahreszeit, um keine Geschäfte zu machen, gibt es überhaupt nicht, Herr Samsa, darf es nicht geben. »

« Aber Herr Prokurist », rief Gregor außer sich und vergaß in der Aufregung alles andere, « ich mache ja sofort, augenblicklich auf. Ein leichtes Unwohlsein, ein Schwindelanfall, haben mich verhindert aufzustehen. Ich liege noch jetzt im Bett. Jetzt bin ich aber schon wieder ganz frisch. Eben steige ich aus dem Bett. Nur einen kleinen Augenblick Geduld! Es geht noch nicht so gut, wie ich dachte. Es ist mir aber schon wohl. Wie das nur einen Menschen so überfallen kann! Noch gestern abend war mir ganz gut, meine Eltern wissen es ja, oder besser, schon gestern abend hatte ich eine kleine Vorahnung. Man hätte es mir ansehen müssen. Warum habe ich es nur im Geschäft nicht gemeldet! Aber man denkt eben immer, daß man die Krankheit ohne Zuhausebleiben überstehen wird. Herr Prokurist! Schonen Sie meine Eltern! Für alle die Vorwürfe, die Sie mir jetzt machen, ist ja kein Grund; man hat mir ja davon auch kein Wort gesagt. Sie haben vielleicht die letzten Aufträge, die ich geschickt habe, nicht gelesen. Übrigens, noch mit dem Achtuhrzug fahre ich auf die Reise, die paar Stunden Ruhe haben mich gekräftigt.

J'avais d'abord l'intention de vous dire cela en tête à tête, mais, puisque vous me faites perdre mon temps inutilement, je ne vois plus pourquoi monsieur votre père et madame votre mère ne l'entendraient pas, eux aussi. Sachez donc que vos résultats n'ont pas du tout été satisfaisants ces derniers temps ; ce n'est pas évidemment une saison propice aux affaires, nous sommes tout prêts à le reconnaître. Mais une saison sans affaires du tout, cela n'existe pas, monsieur Samsa, cela ne doit pas exister. »

« Mais, monsieur le fondé de pouvoir », s'écria Gregor hors de lui, tandis que son émotion lui faisait oublier tout le reste, « je vous ouvre tout de suite, je vous ouvre à l'instant même. Une légère indisposition, un accès de vertige, m'ont empêché de me lever. Je suis encore au lit. Mais maintenant je me sens à nouveau frais et dispos. Je viens de sortir du lit. Encore un petit instant de patience ! Cela ne va pas encore aussi bien que je pensais. Mais je me sens déjà tout à fait bien. Comme ces choses arrivent brusquement ! Hier soir, j'allais très bien, mes parents le savent. Ou plutôt, déjà hier soir, j'ai eu un petit pressentiment. On aurait dû s'en rendre compte. Pourquoi n'ai-je pas prévenu au magasin ? Mais on imagine toujours qu'on peut venir à bout du mal sans garder la chambre. Monsieur le fondé de pouvoir, épargnez mes parents ! Tous les reproches que vous venez de me faire sont dénués de fondement ; on ne m'en avait jamais parlé. Peut-être n'avez-vous pas lu les dernières commandes que je vous ai envoyées. D'ailleurs, je vais partir par le train de huit heures ; ce repos de quelques heures m'a rendu toutes mes forces.

Halten Sie sich nur nicht auf, Herr Prokurist; ich bin gleich selbst im Geschäft, und haben Sie die Güte, das zu sagen und mich dem Herrn Chef zu empfehlen[1]! » Und während Gregor dies alles hastig ausstieß und kaum wußte, was er sprach, hatte er sich leicht, wohl infolge der im Bett bereits erlangten Übung, dem Kasten[2] genähert und versuchte nun, an ihm sich aufzurichten. Er wollte tatsächlich die Tür aufmachen, tatsächlich sich sehen lassen und mit dem Prokuristen sprechen; er war begierig zu erfahren, was die anderen, die jetzt so nach ihm verlangten, bei seinem Anblick sagen würden. Würden sie erschrecken, dann hatte Gregor keine Verantwortung mehr und konnte ruhig sein. Würden sie aber alles ruhig hinnehmen, dann hatte auch er keinen Grund sich aufzuregen, und konnte, wenn er sich beeilte, um acht Uhr tatsächlich auf dem Bahnhof sein. Zuerst glitt er nun einige Male von dem glatten Kasten ab, aber endlich gab er sich einen letzten Schwung und stand aufrecht da; auf die Schmerzen im Unterleib achtete er gar nicht mehr, so sehr sie auch brannten. Nun ließ er sich gegen die Rückenlehne eines nahen Stuhles fallen, an deren Rändern er sich mit seinen Beinchen festhielt. Damit hatte er aber auch die Herrschaft über sich erlangt und verstummte, denn nun konnte er den Prokuristen anhören.

1. Gregor Samsa mélange les temps. Il mêle le mensonge à la vérité (il n'avait eu la veille aucun pressentiment; il n'avait aucunement le projet de se rendre au magasin). Ces incohérences sont en lui les dernières lueurs de raison.
2. KASTEN : Dans l'usage autrichien, ce mot désigne un meuble bas muni de tiroirs.

Ne perdez pas votre temps, monsieur le fondé de pouvoir ; dans un instant, je serai au magasin, ayez l'obligeance de le dire au directeur et de lui présenter mes devoirs. » En tenant précipitamment ces propos et sans trop savoir ce qu'il disait, Gregor s'était sans trop de difficulté rapproché de la commode, sans doute en tirant profit de l'expérience qu'il avait acquise dans son lit et il essayait de se redresser en prenant appui sur le meuble. Il voulait en effet ouvrir la porte, il voulait se faire voir et parler au fondé de pouvoir ; il était curieux de savoir ce que tous ces gens qui exigeaient sa présence allaient dire en le voyant. S'il les effrayait, il cessait d'être responsable et pouvait être tranquille, et s'ils prenaient bien la chose, il n'avait aucune raison de s'inquiéter et pouvait fort bien être à huit heures à la gare, s'il se dépêchait. Il dérapa d'abord plusieurs fois de la commode glissante ; mais, en prenant un dernier élan, il parvint à se lever. Il ne prêtait plus attention à ses douleurs dans le bas-ventre, bien qu'elles fussent très vives. Il se laissa tomber sur le dossier d'une chaise qui était à proximité et se retint en s'agrippant sur les bords avec ses petites pattes. Ce faisant, il avait repris le contrôle de lui-même et il restait silencieux, car il était maintenant en mesure d'écouter le fondé de pouvoir.

« Haben Sie auch nur ein Wort verstanden ? » fragte der Prokurist die Eltern, « er macht sich doch wohl nicht einen Narren aus uns ? » « Um Gottes willen », rief die Mutter schon unter Weinen, « er ist vielleicht schwerkrank, und wir quälen ihn. Grete ! Grete ! » schrie sie dann. « Mutter ? » rief die Schwester von der anderen Seite. Sie verständigten sich durch Gregors Zimmer. « Du mußt augenblicklich zum Arzt. Gregor ist krank. Rasch um den Arzt. Hast du Gregor jetzt reden hören ? » « Das war eine Tierstimme », sagte der Prokurist, auffallend leise gegenüber dem Schreien der Mutter. « Anna ! Anna ! » rief der Vater durch das Vorzimmer in die Küche und klatschte in die Hände, « sofort einen Schlosser holen ! » Und schon liefen die zwei Mädchen mit rauschenden Röcken durch das Vorzimmer — wie hatte sich die Schwester denn so schnell angezogen ? — und rissen die Wohnungstüre auf. Man hörte gar nicht die Türe zuschlagen ; sie hatten sie wohl offen gelassen, wie es in Wohnungen zu sein pflegt, in denen ein großes Unglück geschehen ist.

Gregor war aber viel ruhiger geworden. Man verstand zwar also seine Worte nicht mehr, trotzdem sie ihm genug klar, klarer als früher, vorgekommen waren, vielleicht infolge der Gewöhnung des Ohres. Aber immerhin glaubte man nun schon daran, daß es mit ihm nicht ganz in Ordnung war, und war bereit, ihm zu helfen. Die Zuversicht und Sicherheit, mit welchen die ersten Anordnungen getroffen worden waren, taten ihm wohl.

« Avez-vous pu comprendre le moindre mot ? », demandait celui-ci aux parents. « Ne serait-il pas tout bonnement en train de nous prendre pour des imbéciles ? » « Mon Dieu », s'écriait la mère au milieu des larmes, « il est peut-être gravement malade et nous le mettons à la torture. Grete ! Grete ! », cria-t-elle ensuite. « Maman ? » s'écria la sœur de l'autre côté. Elles s'interpellaient à travers la chambre de Gregor. « Va tout de suite chercher le médecin. Gregor est malade. Vite chez le médecin ! Tu as entendu comment Gregor parle ? » « C'était une voix de bête », dit le fondé de pouvoir — on s'étonnait, après les cris de la mère, de l'entendre parler si bas. « Anna ! Anna ! » criait le père dans la cuisine à travers le vestibule en frappant dans ses mains, « va immédiatement chercher un serrurier ! » Et déjà les deux jeunes filles traversaient le vestibule dans un froissement de jupes — comment Grete avait-elle fait pour s'habiller si vite ? — et ouvraient précipitamment la porte d'entrée ; on ne l'entendit pas retomber, elles avaient dû la laisser ouverte, comme on fait dans les maisons où s'est produit un grand malheur.

Mais Gregor était devenu beaucoup plus calme. On ne comprenait plus ce qu'il disait, bien que ses propos lui parussent clairs, plus clairs que la première fois, probablement parce que son oreille s'y était faite. Mais on se rendait compte au moins qu'il n'allait pas pour le mieux et on s'apprêtait à lui venir en aide. L'assurance et la confiance avec laquelle les premières mesures avaient été prises le réconfortaient.

Er fühlte sich wieder einbezogen in den menschlichen Kreis und erhoffte von beiden, vom Arzt und vom Schlosser, ohne sie eigentlich genau zu scheiden, großartige und überraschende Leistungen. Um für die sich nähernden entscheidenden Besprechungen eine möglichst klare Stimme zu bekommen, hustete er ein wenig ab, allerdings bemüht, dies ganz gedämpft zu tun, da möglicherweise auch schon dieses Geräusch anders als menschlicher Husten klang, was er selbst zu entscheiden sich nicht mehr getraute. Im Nebenzimmer war es inzwischen ganz still geworden. Vielleicht saßen die Eltern mit dem Prokuristen beim Tisch und tuschelten[1], vielleicht lehnten alle an der Türe und horchten.

Gregor schob sich langsam mit dem Sessel[2] zur Tür hin, ließ ihn dort los, warf sich gegen die Tür, hielt sich an ihr aufrecht — die Ballen[3] seiner Beinchen hatten ein wenig Klebstoff — und ruhte sich dort einen Augenblick lang von der Anstrengung aus. Dann aber machte er sich daran, mit dem Mund den Schlüssel im Schloß umzudrehen. Es schien leider, daß er keine eigentlichen Zähne hatte, — womit sollte er gleich den Schlüssel fassen ? — aber dafür waren die Kiefer freilich sehr stark; mit ihrer Hilfe brachte er auch wirklich den Schlüssel in Bewegung und achtete nicht darauf, daß er sich zweifellos irgendeinen Schaden zufügte, denn eine braune Flüssigkeit kam ihm aus dem Mund, floß über den Schlüssel und tropfte auf den Boden.

1. TUSCHELN : Parler à voix basse, de manière à n'être pas entendu, chuchoter.
2. SESSEL : En Autriche, simplement : chaise.
3. BALLEN : Extrémité musculeuse à l'extrémité des mains et des pieds (ou des pattes) chez l'homme et les mammifères.

Il se sentait ramené dans le cadre de la société humaine et il attendait des deux personnes, du médecin et du serrurier, sans bien faire la différence entre les deux, des performances grandioses et miraculeuses. Afin d'avoir, dans les conciliabules qui se préparaient, une voix aussi claire que possible, il toussa un peu pour se dégager la gorge, tout en s'efforçant de le faire modérément, car il était possible que déjà ce bruit fût différent d'une toux humaine ; il n'osait plus en décider par ses propres moyens. Dans la pièce d'à côté, tout était cependant devenu silencieux. Peut-être ses parents étaient-ils assis à table à chuchoter avec le fondé de pouvoir, peut-être étaient-ils tous penchés à la porte pour écouter.

Gregor se traîna lentement avec sa chaise jusqu'à la porte ; là il abandonna le siège, se jeta sur la porte, se maintint debout en s'appuyant contre elle — le bout de ses pattes sécrétait une substance collante — et resta là un instant, à se reposer de son effort. Après quoi, il essaya avec sa bouche de tourner la clef dans la serrure. Il semblait malheureusement qu'il n'eût pas de vraies dents — avec quoi, dès lors, saisir la clef ? — ; en revanche, il avait des mandibules très robustes ; il parvint grâce à elles à mouvoir la clef, en négligeant le fait qu'il était certainement en train de se blesser, car un liquide brunâtre lui sortait de la bouche, coulait sur la clef et tombait goutte à goutte sur le sol.

« Hören Sie nur », sagte der Prokurist im Nebenzimmer, « er dreht den Schlüssel um. » Das war für Gregor eine große Aufmunterung; aber alle hätten ihm zurufen sollen, auch der Vater und die Mutter; « Frisch, Gregor », hätten sie rufen sollen, « immer nur heran, fest an das Schloß heran! » Und in der Vorstellung, daß alle seine Bemühungen mit Spannung verfolgten, verbiß er sich mit allem, was er an Kraft aufbringen konnte, besinnungslos in den Schlüssel. Je nach dem Fortschreiten der Drehung des Schlüssels umtanzte er das Schloß; hielt sich jetzt nur noch mit dem Munde aufrecht, und je nach Bedarf hing er sich an den Schlüssel oder drückte ihn dann wieder nieder mit der ganzen Last seines Körpers. Der hellere Klang des endlich zurückschnappenden[1] Schlosses erweckte Gregor förmlich. Aufatmend sagte er sich : « Ich habe also den Schlosser nicht gebraucht », und legte den Kopf auf die Klinke, um die Türe gänzlich zu öffnen.

Da er die Türe auf diese Weise öffnen mußte, war sie eigentlich schon recht weit geöffnet, und er selbst noch nicht zu sehen. Er mußte sich erst langsam um den einen Türflügel herumdrehen, und zwar sehr vorsichtig, wenn er nicht gerade vor dem Eintritt ins Zimmer plump auf den Rücken fallen wollte. Er war noch mit jener schwierigen Bewegung beschäftigt und hatte nicht Zeit, auf anderes zu achten, da hörte er schon den Prokuristen ein lautes « Oh! » ausstoßen —

1. ZURÜCKSCHNAPPEN : Le verbe *schnappen* indique le fonctionnement d'un objet manœuvré par un ressort et qui s'ouvre, en produisant un léger bruit. Le préfixe *zurück* indique le retour à une première position.

« Écoutez », disait le fondé de pouvoir dans la pièce d'à côté, « il est en train de tourner la clef. » Ce fut pour Gregor un grand encouragement, mais tous auraient dû crier avec lui, même son père et sa mère : « Hardi, Gregor », auraient-ils dû crier, « vas-y, attaque-toi à la serrure! » Et à l'idée que tout le monde suivait passionnément ses efforts avec une vive attention, il s'accrochait aveuglément à la clef, de toutes les forces qu'il pouvait trouver en lui. A mesure que la clef tournait, il dansait autour de la serrure ; tantôt il se maintenait simplement debout grâce à sa bouche, tantôt, selon l'exigence de l'instant, il se suspendait à la clef ou la tirait en bas de tout le poids de son corps. Le bruit plus clair que fit la serrure quand le pêne finit par céder, réveilla Gregor tout à fait. « J'ai donc pu me passer du serrurier », se dit-il, et il posa la tête sur la clenche pour finir d'ouvrir.

En manœuvrant la porte de cette manière, elle se trouva grande ouverte sans qu'on pût encore l'apercevoir. Il lui fallait contourner lentement l'un des battants avec les plus grandes précautions, s'il ne voulait pas retomber lourdement sur le dos, juste au moment de son entrée dans la pièce. Il était encore tout occupé à ce mouvement difficile, en ne pouvant prêter d'attention à rien d'autre, quand il entendit le fondé de pouvoir pousser un « Oh! » sonore —

es klang, wie wenn der Wind saust — und nun sah er ihn auch, wie er, der der Nächste an der Türe war, die Hand gegen den offenen Mund drückte und langsam zurückwich, als vertreibe ihn eine unsichtbare, gleichmäßig fortwirkende Kraft. Die Mutter — sie stand hier trotz der Anwesenheit des Prokuristen mit von der Nacht her noch aufgelösten, hoch sich sträubenden Haaren — sah zuerst mit gefalteten Händen den Vater an, ging dann zwei Schritte zu Gregor hin und fiel inmitten ihrer rings um sie herum sich ausbreitenden Röcke nieder, das Gesicht ganz unauffindbar zu ihrer Brust gesenkt[1]. Der Vater ballte mit feindseligem Ausdruck die Faust, als wolle er Gregor in sein Zimmer zurückstoßen, sah sich dann unsicher im Wohnzimmer um, beschattete dann mit den Händen die Augen und weinte, daß sich seine mächtige Brust schüttelte[2].

Gregor trat nun gar nicht in das Zimmer, sondern lehnte sich von innen an den festgeriegelten Türflügel, so daß sein Leib nur zur Hälfte und darüber der seitlich geneigte Kopf zu sehen war, mit dem er zu den anderen hinüberlugte[3]. Es war inzwischen viel heller geworden ; klar stand auf der anderen Straßenseite ein Ausschnitt des gegenüberliegenden, endlosen, grauschwarzen Hauses — es war ein Krankenhaus — mit seinen hart die Front durchbrechenden regelmäßigen Fenstern ;

1. On a commenté dans la préface cette image de la mère aperçue dans le désordre de la nuit. On rapprochera ce passage de la lettre à Felice Bauer, écrite le 19 octobre 1916 (*Œuvres complètes*, Bibliothèque de la Pléiade, IV, 791), qui évoque la chambre conjugale des parents.

on eût dit le mugissement du vent — et il le vit, lui qui était le plus près de la porte, appuyer la main sur sa bouche ouverte et battre lentement en retraite, comme si une force invisible et constante, toujours égale à elle-même, le chassait de cet endroit. Sa mère, dont la chevelure, en dépit de la présence du fondé de pouvoir, avait gardé tout le désordre de la nuit et se hérissait vers le haut de la tête, regarda d'abord le père en joignant les mains, puis fit deux pas vers Gregor et tomba au milieu de ses jupons déployés autour d'elle ; son visage, penché sur sa poitrine, avait entièrement disparu. Le père serra les poings d'un air hostile, comme pour rejeter Gregor dans sa chambre, promena ses regards d'un air incertain d'un bout de la pièce à l'autre, puis il se couvrit les yeux de ses mains et se mit à pleurer avec de gros sanglots qui secouaient sa puissante poitrine.

Gregor n'entra pas dans la pièce ; il resta appuyé sur le battant fermé de la porte, de sorte qu'on ne voyait que la moitié de son corps et par-dessus, on pouvait voir sa tête penchée de côté qui essayait d'apercevoir les autres personnages. Le temps s'était éclairci ; on voyait distinctement de l'autre côté de la rue un fragment de l'immense maison noirâtre qui constituait le vis-à-vis — c'était un hôpital — ; des fenêtres disposées régulièrement en perçaient brutalement la façade,

2. Un des rares passages où le père apparaît sous des traits moins inhumains.
3. Le verbe *lugen*, de consonance un peu archaïque, appartient au langage noble ; il a aussi une connotation régionale.

der Regen fiel noch nieder, aber nur mit großen, einzeln sichtbaren und förmlich auch einzelnweise auf die Erde hinuntergeworfenen Tropfen. Das Frühstücksgeschirr stand in überreicher Zahl auf dem Tisch, denn für den Vater war das Frühstück die wichtigste Mahlzeit des Tages, die er bei der Lektüre verschiedener Zeitungen stundenlang hinzog. Gerade an der gegenüberliegenden Wand hing eine Photographie Gregors aus seiner Militärzeit, die ihn als Leutnant darstellte, wie er, die Hand am Degen, sorglos lächelnd, Respekt für seine Haltung und Uniform verlangte[1]. Die Tür zum Vorzimmer war geöffnet, und man sah, da auch die Wohnungstür offen war, auf den Vorplatz der Wohnung hinaus und auf den Beginn der abwärts führenden Treppe.

« Nun », sagte Gregor und war sich dessen wohl bewußt, daß er der einzige war, der die Ruhe bewahrt hatte, « ich werde mich gleich anziehen, die Kollektion zusammenpacken und wegfahren. Wollt ihr, wollt ihr mich wegfahren lassen ? Nun, Herr Prokurist, Sie sehen, ich bin nicht starrköpfig und ich arbeite gern ; das Reisen ist beschwerlich, aber ich könnte ohne das Reisen nicht leben. Wohin gehen Sie denn, Herr Prokurist ? Ins Geschäft ? Ja ? Werden Sie alles wahrheitsgetreu berichten ? Man kann im Augenblick unfähig sein zu arbeiten, aber dann ist gerade der richtige Zeitpunkt, sich an die früheren Leistungen zu erinnern und zu bedenken, daß man später, nach Beseitigung des Hindernisses, gewiß desto fleißiger und gesammelter arbeiten wird. Ich bin ja dem Herrn Chef so sehr verpflichtet, das wissen Sie doch recht gut.

1. Image du temps où Gregor avait encore sa place parmi les usages et les croyances de la société.

la pluie continuait à tomber, mais maintenant en grosses gouttes séparées les unes des autres et qui paraissaient littéralement jetées l'une après l'autre sur le sol. L'abondante vaisselle du petit déjeuner était encore sur la table, car c'était pour le père le principal repas de la journée ; il le prolongeait pendant des heures à lire divers journaux. Au mur d'en face était accrochée une photographie de Gregor, du temps de son service militaire ; elle le représentait en sous-lieutenant, la main sur son épée, souriant d'un air insouciant, semblant exiger le respect pour son maintien et pour son uniforme. La porte du vestibule était ouverte et, comme la porte de l'appartement était ouverte elle aussi, on apercevait le palier et les premières marches de l'escalier.

« Bon », dit Gregor, tout à fait conscient d'être le seul à avoir conservé son calme, « je vais tout de suite m'habiller, emballer la collection et m'en aller. Vous voulez bien me laisser partir ? vous voulez bien ? Vous voyez, monsieur le fondé de pouvoir, que je ne suis pas têtu et que j'aime le travail ; les voyages sont pénibles, mais je ne pourrais pas m'en passer. Où allez-vous donc, monsieur le fondé de pouvoir ? Au magasin ? Oui ? Allez-vous faire un compte rendu fidèle de tout ? Il peut arriver qu'on soit dans l'instant incapable de travailler, mais c'est aussi le bon moment pour se rappeler tout ce qu'on a fait autrefois et pour penser que, l'obstacle une fois franchi, on ne travaillera ensuite qu'avec encore plus de zèle et d'application. J'ai tant d'obligations envers M. le directeur, vous le savez pourtant bien.

Andererseits habe ich die Sorge um meine Eltern und die Schwester. Ich bin in der Klemme, ich werde mich aber auch wieder herausarbeiten. Machen Sie es mir aber nicht schwieriger, als es schon ist. Halten Sie im Geschäft meine Partei ! Man liebt den Reisenden nicht, ich weiß. Man denkt, er verdient ein Heidengeld [1] und führt dabei ein schönes Leben. Man hat eben keine besondere Veranlassung, dieses Vorurteil besser zu durchdenken. Sie aber, Herr Prokurist, Sie haben einen besseren Überblick über die Verhältnisse als das sonstige Personal, ja sogar, ganz im Vertrauen gesagt, einen besseren Überblick als der Herr Chef selbst, der in seiner Eigenschaft als Unternehmer sich in seinem Urteil leicht zuungunsten eines Angestellten beirren läßt. Sie wissen auch sehr wohl, daß der Reisende, der fast das ganze Jahr außerhalb des Geschäftes ist, so leicht ein Opfer von Klatschereien [2], Zufälligkeiten und grundlosen Beschwerden werden kann, gegen die sich zu wehren ihm ganz unmöglich ist, da er von ihnen meistens gar nichts erfährt und nur dann, wenn er erschöpft eine Reise beendet hat, zu Hause die schlimmen, auf ihre Ursachen hin nicht mehr zu durchschauenden Folgen am eigenen Leibe zu spüren [3] bekommt. Herr Prokurist, gehen Sie nicht weg, ohne mir ein Wort gesagt zu haben, das mir zeigt, daß Sie mir wenigstens zu einem kleinen Teil recht geben ! »

1. EIN HEIDENGELD : Dans le langage familier : une somme d'argent considérable.
2. KLATSCHEREIEN : Mot du langage familier, dérivé de *Klatsch*, commérage, cancan.
3. AM EIGENEN LEIBE SPÜREN : Littéralement : éprouver dans sa propre chair.

J'ai d'autre part le souci de mes parents et de ma sœur. Je suis dans une mauvaise passe, mais je m'en sortirai. Seulement, ne me rendez pas les choses encore plus difficiles qu'elles ne le sont. Prenez mon parti au magasin ! On n'aime pas les voyageurs, je le sais bien. On pense qu'ils gagnent un argent fou et qu'ils mènent la belle vie. C'est parce qu'on n'a pas l'occasion de remettre ce préjugé en question. Mais vous, monsieur le fondé de pouvoir, vous avez une meilleure vision de l'ensemble que le reste du personnel et même, entre nous soit dit, une vision plus juste que M. le directeur lui-même, qui, en tant qu'employeur, peut être amené à avoir le jugement faussé en défaveur d'un employé. Vous n'ignorez pas que le voyageur, qui n'est presque jamais au magasin de toute l'année, est facilement victime de potins, de hasards, de réclamations dénuées de fondement, contre lesquels il lui est absolument impossible de se défendre, puisqu'il ne sait même pas qu'on l'accuse ; et que c'est seulement quand il revient chez lui, épuisé par son voyage, qu'il en découvre à ses dépens les conséquences, sans même parvenir jamais à en deviner les causes. Ne partez pas, monsieur le fondé de pouvoir, sans m'avoir dit un mot qui me prouve que vous me donnez raison, au moins pour une toute petite partie ! »

Aber der Prokurist hatte sich schon bei den ersten Worten Gregors abgewendet, und nur über die zukkende Schulter hinweg sah er mit aufgeworfenen Lippen[1] nach Gregor zurück. Und während Gregors Rede stand er keinen Augenblick still, sondern verzog sich[2], ohne Gregor aus den Augen zu lassen, gegen die Tür, aber ganz allmählich, als bestehe ein geheimes Verbot, das Zimmer zu verlassen. Schon war er im Vorzimmer, und nach der plötzlichen Bewegung, mit der er zum letztenmal den Fuß aus dem Wohnzimmer zog, hätte man glauben können, er habe sich soeben die Sohle verbrannt. Im Vorzimmer aber streckte er die rechte Hand weit von sich zur Treppe hin, als warte dort auf ihn eine geradezu überirdische Erlösung.

Gregor sah ein, daß er den Prokuristen in dieser Stimmung auf keinen Fall weggehen lassen dürfe, wenn dadurch seine Stellung im Geschäft nicht aufs äußerste gefährdet werden sollte. Die Eltern verstanden das alles nicht so gut; sie hatten sich in den langen Jahren die Überzeugung gebildet, daß Gregor in diesem Geschäft für sein Leben versorgt war, und hatten außerdem jetzt mit den augenblicklichen Sorgen so viel zu tun, daß ihnen jede Voraussicht abhanden gekommen war[3]. Aber Gregor hatte diese Voraussicht. Der Prokurist mußte gehalten, beruhigt, überzeugt und schließlich gewonnen werden; die Zukunft Gregors und seiner Familie hing doch davon ab! Wäre doch die Schwester hier gewesen!

1. MIT AUFGEWORFENEN LIPPEN : Littéralement : en retroussant les lèvres (traduit ici par : avec une moue de dégoût). On dit plus volontiers *die Lippen schürzen*.
2. SICH VERZIEHEN : S'éloigner peu à peu.
3. ABHANDEN KOMMEN : Se perdre.

Mais le fondé de pouvoir, dès les premiers mots de Gregor, s'était détourné, avec une moue de dégoût, pour ne plus le regarder que par-dessus son épaule, agitée d'un tremblement nerveux. Et pendant le discours de Gregor, il ne resta pas un instant immobile ; sans le perdre de vue, il battit en retraite vers la porte, mais à petits pas, comme si une interdiction mystérieuse l'empêchait de quitter la pièce. Il était déjà dans le vestibule et, quand il fit le dernier pas hors de la salle de séjour, ce fut d'un mouvement si brusque qu'on aurait pu croire que le plancher brûlait la semelle de ses souliers. Arrivé dans le vestibule, il tendit la main droite loin de lui, du côté de l'escalier, comme si l'attendait là quelque secours proprement surnaturel.

Gregor comprit qu'il ne fallait en aucun cas laisser le fondé de pouvoir partir dans cet état, si sa position au magasin ne devait pas être à tout jamais compromise. Ses parents ne voyaient pas les choses ainsi ; au cours de ces longues années, ils s'étaient installés dans la conviction que Gregor était casé dans cette affaire pour sa vie entière et, en outre, ils avaient trop à faire de leurs soucis présents pour pouvoir penser à l'avenir. Mais Gregor y pensait. Il fallait arrêter, calmer, convaincre le fondé de pouvoir et finalement le gagner à sa cause, il y allait de l'avenir de Gregor et de sa famille. Si seulement sa sœur avait été là !

Sie war klug; sie hatte schon geweint, als Gregor noch ruhig auf dem Rücken lag. Und gewiß hätte der Prokurist, dieser Damenfreund, sich von ihr lenken lassen; sie hätte die Wohnungstür zugemacht und ihm im Vorzimmer den Schrecken ausgeredet[1]. Aber die Schwester war eben nicht da, Gregor selbst mußte handeln. Und ohne daran zu denken, daß er seine gegenwärtigen Fähigkeiten, sich zu bewegen, noch gar nicht kannte, ohne auch daran zu denken, daß seine Rede möglicher — ja wahrscheinlicherweise wieder nicht verstanden worden war, verließ er den Türflügel; schob sich durch die Öffnung; wollte zum Prokuristen hingehen, der sich schon am Geländer des Vorplatzes lächerlicherweise mit beiden Händen festhielt; fiel aber sofort, nach einem Halt suchend, mit einem kleinen Schrei auf seine vielen Beinchen nieder. Kaum war das geschehen, fühlte er zum erstenmal an diesem Morgen ein körperliches Wohlbehagen; die Beinchen hatten festen Boden unter sich; sie gehorchten vollkommen, wie er zu seiner Freude merkte; strebten sogar danach, ihn fortzutragen, wohin er wollte; und schon glaubte er, die endgültige Besserung[2] alles Leidens stehe unmittelbar bevor. Aber im gleichen Augenblick, als er da schaukelnd vor verhaltener Bewegung[3], gar nicht weit von seiner Mutter entfernt, ihr gerade gegenüber auf dem Boden lag, sprang diese, die doch so ganz in sich versunken schien, mit einem Male in die Höhe, die Arme weit ausgestreckt, die Finger gespreizt, rief:

1. AUSREDEN : Détourner (par des paroles) d'un projet, d'un sentiment.
2. Littéralement : « la guérison définitive de ses souffrances ». On comprend que Gregor est jusqu'à présent resté sur le dos, en voyant le monde à l'envers. L'amélioration prétendue de son état

Elle était intelligente, elle s'était mise à pleurer déjà lorsque Gregor était encore tranquillement couché sur le dos. Et le fondé de pouvoir, qui aimait bien les dames, se serait certainement laissé convaincre par elle ; elle aurait fermé la porte de l'appartement et lui aurait montré dans le vestibule l'inanité de sa frayeur. Mais sa sœur n'était précisément pas là ; Gregor devait agir seul. Et, sans penser qu'il ignorait lui-même quelle était sa capacité de mouvement, sans se dire qu'il était possible, et même probable, que son dernier discours n'ait pas été compris, il abandonna le battant de la porte, se glissa par l'ouverture et voulut se diriger vers le fondé de pouvoir qui s'était déjà agrippé ridiculement des deux mains à la rampe du palier, mais il retomba aussitôt, en cherchant un appui, sur l'une de ses pattes, en poussant un petit cri. A peine cela se fut-il produit qu'il ressentit pour la première fois dans cette matinée une impression de bien-être physique ; ses pattes reposaient sur un sol solide ; elles lui obéissaient à merveille, comme il le remarqua avec plaisir, et ne demandaient même qu'à l'emmener où il voulait ; et il se prenait déjà à croire que la fin de ses maux était proche. Mais, au même moment, alors qu'il se balançait sur place en retenant son mouvement tout près de l'endroit où se trouvait sa mère et qu'il avançait sur le plancher juste en face d'elle, celle-ci, qu'on eût dit abîmée en elle-même, se releva d'un bond, lança les bras en l'air en écarquillant les doigts et hurla :

vient seulement du fait que, pour la première fois, il se réconcilie avec sa condition nouvelle.

3. Littéralement : « alors que l'effort qu'il faisait pour retenir son mouvement l'obligeait à se balancer ».

« Hilfe, um Gottes willen, Hilfe ! », hielt den Kopf geneigt, als wolle sie Gregor besser sehen, lief aber, im Widerspruch dazu, sinnlos zurück; hatte vergessen, daß hinter ihr der gedeckte Tisch stand; setzte sich, als sie bei ihm angekommen war, wie in Zerstreutheit, eilig auf ihn; und schien gar nicht zu merken, daß neben ihr aus der umgeworfenen großen Kanne der Kaffee in vollem Strome auf den Teppich sich ergoß.

« Mutter, Mutter », sagte Gregor leise und sah zu ihr hinauf[1]. Der Prokurist war ihm für einen Augenblick ganz aus dem Sinn gekommen; dagegen konnte er sich nicht versagen, im Anblick des fließenden Kaffees mehrmals mit den Kiefern ins Leere zu schnappen. Darüber schrie die Mutter neuerdings auf, flüchtete vom Tisch und fiel dem ihr entgegeneilenden Vater in die Arme. Aber Gregor hatte jetzt keine Zeit für seine Eltern; der Prokurist war schon auf der Treppe; das Kinn auf dem Geländer, sah er noch zum letzten Male zurück. Gregor nahm einen Anlauf, um ihn möglichst sicher einzuholen; der Prokurist mußte etwas ahnen, denn er machte einen Sprung über mehrere Stufen und verschwand; « Hu ! » aber schrie er noch, es klang durchs ganze Treppenhaus. Leider schien nun auch diese Flucht des Prokuristen den Vater, der bisher verhältnismäßig gefaßt gewesen war, völlig zu verwirren,

1. L'accumulation des détails grotesques de cette scène (dans l'attitude du fondé de pouvoir, dans celle du père et même dans celle de la mère) est compensée par le tragique de l'instant qu'elle

« Au secours, seigneur Dieu, au secours ! » ; après quoi, elle garda la tête penchée pour mieux le voir, puis, en contradiction avec ce geste, se rejeta comme une folle en arrière en perdant la tête, sans se rappeler que la table mise se trouvait derrière elle ; arrivée près de la table, dans sa hâte et sa distraction, elle s'assit dessus, sans paraître s'apercevoir que, de la grande cafetière renversée, un flot de café se répandait sur le tapis.

« Mère, mère ! », dit Gregor à voix basse, en levant les yeux vers elle. Le fondé de pouvoir lui était pour l'instant sorti de l'esprit ; mais, à la vue du café qui coulait, il ne put s'empêcher de happer à plusieurs reprises dans le vide avec ses mandibules. Là-dessus, sa mère se remit à crier, s'écarta de la table et tomba dans les bras du père qui se précipitait à sa rencontre. Mais Gregor, en cet instant, n'avait pas le temps de s'occuper de ses parents ; le fondé de pouvoir était déjà dans l'escalier ; le menton posé sur la rampe, il se retournait une dernière fois. Gregor prit son élan pour tâcher d'être sûr de le rattraper ; le fondé de pouvoir avait dû pressentir quelque chose, car il sauta plusieurs marches et disparut en poussant un « Ouh ! », qui retentit dans toute la cage d'escalier. Mais cette fuite du fondé de pouvoir eut le malheureux résultat que le père, qui était resté jusqu'alors relativement maître de lui, perdit soudain la tête ;

évoque : en entrant dans sa condition animale, Gregor perd définitivement sa mère, qui va chercher refuge dans les bras du père. Aucun désastre ne lui est plus sensible que celui-là.

denn statt selbst dem Prokuristen nachzulaufen oder wenigstens Gregor in der Verfolgung nicht zu hindern, packte er mit der Rechten den Stock des Prokuristen, den dieser mit Hut und Überzieher auf einem Sessel zurückgelassen hatte, holte mit der Linken eine große Zeitung vom Tisch und machte sich unter Füßestampfen daran, Gregor durch Schwenken des Stockes und der Zeitung in sein Zimmer zurückzutreiben. Kein Bitten Gregors half, kein Bitten wurde auch verstanden, er mochte den Kopf noch so demütig drehen, der Vater stampfte nur stärker mit den Füßen. Drüben hatte die Mutter trotz des kühlen Wetters ein Fenster aufgerissen, und hinausgelehnt drückte sie ihr Gesicht weit außerhalb des Fensters in ihre Hände. Zwischen Gasse und Treppenhaus entstand eine starke Zugluft, die Fenstervorhänge flogen auf, die Zeitungen auf dem Tische rauschten, einzelne Blätter wehten über den Boden hin. Unerbittlich drängte der Vater und stieß Zischlaute [1] aus, wie ein Wilder. Nun hatte aber Gregor noch gar keine Übung im Rückwärtsgehen, es ging wirklich sehr langsam. Wenn sich Gregor nur hätte umdrehen dürfen, er wäre gleich in seinem Zimmer gewesen, aber er fürchtete sich, den Vater durch die zeitraubende Umdrehung [2] ungeduldig zu machen, und jeden Augenblick drohte ihm doch von dem Stock in des Vaters Hand der tödliche Schlag auf den Rücken oder auf den Kopf. Endlich aber blieb Gregor doch nichts anderes übrig, denn er merkte mit Entsetzen, daß er im Rückwärtsgehen nicht einmal die Richtung einzuhalten verstand;

1. ZISCHLAUTE : Littéralement : « des chuintements ».
2. Littéralement : « par ce mouvement tournant, qui exigeait beaucoup de temps ».

au lieu de rattraper le fondé de pouvoir ou tout au moins d'empêcher Gregor de le poursuivre, il saisit de la main droite la canne du fondé de pouvoir, que celui-ci avait laissée sur une chaise avec son chapeau et son pardessus, prit de la main gauche un grand journal qui traînait sur la table et en tapant des pieds, il se mit en devoir, en brandissant la canne et le journal, de ramener Gregor dans sa chambre. Aucune prière de Gregor n'y faisait rien, aucune de ses prières ne parvenait d'ailleurs à se faire comprendre ; Gregor avait beau tourner humblement la tête vers lui, son père tapait des pieds encore plus furieusement. Là-bas, sa mère, malgré le temps frais, avait ouvert la fenêtre toute grande et restait penchée au-dehors, la tête dans ses mains. Entre la rue et la cage d'escalier, un grand courant d'air se produisit, les rideaux des fenêtres se soulevèrent, l'air agita les journaux posés sur la table, quelques feuilles voltigèrent jusque sur le parquet. Le père chassait Gregor impitoyablement, en poussant des sifflements de sauvage, et Gregor, qui ne s'était pas encore exercé à marcher à reculons, ne pouvait se déplacer que très lentement. Si Gregor avait pu faire demi-tour, il se serait trouvé rapidement dans sa chambre, mais il craignait d'exaspérer son père par la lenteur de ce mouvement tournant et redoutait à tout instant le coup de bâton mortel qui pouvait l'atteindre dans le dos ou sur la tête. Mais bientôt, il n'eut plus d'autre ressource, car il s'aperçut avec effroi qu'en marchant ainsi à reculons, il ne parvenait même pas à garder la direction ;

und so begann er, unter unaufhörlichen ängstlichen Seitenblicken nach dem Vater, sich nach Möglichkeit rasch, in Wirklichkeit aber doch nur sehr langsam umzudrehen. Vielleicht merkte der Vater seinen guten Willen, denn er störte ihn hierbei nicht, sondern dirigierte sogar hie und da die Drehbewegung von der Ferne mit der Spitze seines Stockes. Wenn nur nicht dieses unerträgliche Zischen des Vaters gewesen wäre! Gregor verlor darüber ganz den Kopf. Er war schon fast ganz umgedreht, als er sich, immer auf dieses Zischen horchend, sogar irrte und sich wieder ein Stück zurückdrehte. Als er aber endlich glücklich mit dem Kopf vor der Türöffnung war, zeigte es sich, daß sein Körper zu breit war, um ohne weiteres durchzukommen. Dem Vater fiel es natürlich in seiner gegenwärtigen Verfassung auch nicht entfernt ein, etwa den anderen Türflügel zu öffnen, um für Gregor einen genügenden Durchgang zu schaffen. Seine fixe Idee war bloß, daß Gregor so rasch als möglich in sein Zimmer müsse. Niemals hätte er auch die umständlichen Vorbereitungen gestattet, die Gregor brauchte, um sich aufzurichten und vielleicht auf diese Weise durch die Tür zu kommen. Vielmehr trieb er, als gäbe es kein Hindernis, Gregor jetzt unter besonderem Lärm vorwärts; es klang schon hinter Gregor gar nicht mehr wie die Stimme bloß eines einzigen Vaters[1]; nun gab es wirklich keinen Spaß mehr, und Gregor drängte sich — geschehe was wolle — in die Tür.

1. Élargissement mythique du personnage du père, qui devient comme l'incarnation du pouvoir paternel. On rapprochera ce passage d'une métamorphose analogue du père de Georg Bendemann, dans *Le Verdict*.

il commença donc, en jetant sans cesse de côté et d'autre des regards angoissés vers son père, à faire demi-tour aussi rapidement qu'il le pouvait, c'est-à-dire malgré tout fort lentement. Peut-être son père aperçut-il cette marque de bonne volonté, car il ne chercha pas à le gêner, mais dirigea au contraire le mouvement tournant en l'accompagnant de loin de la pointe de sa canne. Si seulement il avait bien voulu cesser cet insupportable sifflement ! Gregor en perdait tout à fait la tête. Il s'était déjà presque entièrement retourné quand, à force d'entendre ce sifflement, il commit même une erreur et se retourna un petit peu du mauvais côté. Mais quand il fut enfin heureusement parvenu à placer sa tête en face de l'ouverture de la porte, il apparut que son corps était trop large pour passer sans dommage. Naturellement, dans l'état d'esprit où il se trouvait alors, son père fut bien éloigné de penser par exemple à ouvrir l'autre battant de la porte, pour offrir à Gregor un passage suffisant. Son idée fixe était seulement de faire rentrer Gregor dans sa chambre aussi vite que possible. Jamais il n'aurait toléré les préparatifs compliqués dont Gregor avait besoin pour se mettre debout et essayer de franchir la porte de cette manière. Il poussait au contraire Gregor, comme s'il n'y avait eu aucun obstacle en faisant plus de bruit encore qu'auparavant. Gregor avait l'impression que son père n'était plus seul, mais que plusieurs pères s'étaient ligués contre lui. Ce n'était vraiment plus le moment de plaisanter et Gregor se jeta dans l'ouverture de la porte, sans se soucier du reste.

Die eine Seite seines Körpers hob sich, er lag schief in der Türöffnung, seine eine Flanke war ganz wundgerieben[1], an der weißen Tür blieben häßliche Flecken, bald steckte er fest und hätte sich allein nicht mehr rühren können, die Beinchen auf der einen Seite hingen zitternd oben in der Luft, die auf der anderen waren schmerzhaft zu Boden gedrückt — da gab ihm der Vater von hinten einen jetzt wahrhaftig erlösenden starken Stoß, und er flog, heftig blutend, weit in sein Zimmer hinein. Die Tür wurde noch mit dem Stock zugeschlagen, dann war es endlich still.

II

Erst in der Abenddämmerung erwachte Gregor aus seinem schweren ohnmachtsähnlichen Schlaf. Er wäre gewiß nicht viel später auch ohne Störung erwacht, denn er fühlte sich genügend ausgeruht und ausgeschlafen, doch schien es ihm, als hätte ihn ein flüchtiger Schritt und ein vorsichtiges Schließen der zum Vorzimmer führenden Tür geweckt. Der Schein der elektrischen Straßenlampen lag bleich hier und da auf der Zimmerdecke und auf den höheren Teilen der Möbel, aber unten bei Gregor war es finster[2]. Langsam schob er sich, noch ungeschickt mit seinen Fühlern tastend, die er erst jetzt schätzen lernte, zur Türe hin, um nachzusehen, was dort geschehen war.

1. WUNDGERIEBEN : Blessé par le frottement.
2. L'opposition de la lumière et de l'ombre est mentionnée à plusieurs endroits dans le texte : Gregor est condamné à vivre dans l'obscurité.

Un côté de son corps se redressa, il resta pris de travers dans l'ouverture de la porte, un de ses flancs était entièrement écorché ; de vilaines taches brunes restèrent sur la porte blanche ; bientôt, il se trouva coincé et incapable de bouger ; d'un côté, ses pattes s'agitaient en l'air, de l'autre elles étaient pressées contre le plancher ; son père lui lança par-derrière un coup qui parvint à le délivrer, il fut projeté jusqu'au milieu de la chambre, en perdant son sang en abondance. La porte fut encore fermée d'un coup de canne, puis le silence se fit enfin.

II

Ce n'est qu'au crépuscule que Gregor sortit d'un sommeil semblable à la pâmoison. Il se serait sans doute de toute manière éveillé peu après, même s'il n'avait pas été dérangé, car il se sentait suffisamment reposé et avait eu son saoul de sommeil, mais il lui sembla avoir été éveillé par des pas furtifs et par le bruit qu'on faisait en fermant avec précaution la porte qui menait au vestibule. La lueur des réverbères électriques se déposait faiblement sur le plafond et sur la partie supérieure des meubles, mais en bas, là où était Gregor, tout était plongé dans l'ombre. Lentement, il se traîna du côté de la porte, en tâtant encore maladroitement autour de lui avec ses antennes, dont il commençait seulement à comprendre l'utilité, pour voir ce qui s'était passé.

Seine linke Seite schien eine einzige lange, unangenehm spannende Narbe, und er mußte auf seinen zwei
Beinreihen regelrecht hinken. Ein Beinchen war übrigens im Laufe der vormittägigen Vorfälle[1] schwer
verletzt worden — es war fast ein Wunder, daß nur
eines verletzt worden war — und schleppte leblos nach.

Erst bei der Tür merkte er, was ihn dorthin
eigentlich gelockt hatte ; es war der Geruch von etwas
Eßbarem gewesen. Denn dort stand ein Napf mit
süßer Milch gefüllt, in der kleine Schnitten von
Weißbrot schwammen. Fast hätte er vor Freude
gelacht, denn er hatte noch größeren Hunger als am
Morgen, und gleich tauchte er seinen Kopf fast bis
über die Augen in die Milch hinein. Aber bald zog er
ihn enttäuscht wieder zurück ; nicht nur, daß ihm das
Essen wegen seiner heiklen[2] linken Seite Schwierigkei-
ten machte — und er konnte nur essen, wenn der
ganze Körper schnaufend[3] mitarbeitete —, so
schmeckte ihm überdies die Milch, die sonst sein
Lieblingsgetränk war, und die ihm gewiß die Schwester deshalb hereingestellt hatte, gar nicht, ja er
wandte sich fast mit Widerwillen von dem Napf ab
und kroch in die Zimmermitte zurück.

Im Wohnzimmer war, wie Gregor durch die Türspalte sah, das Gas angezündet, aber während sonst zu
dieser Tageszeit der Vater seine nachmittags erschei-
nende Zeitung der Mutter und manchmal auch der
Schwester mit erhobener Stimme vorzulesen pflegte,
hörte man jetzt keinen Laut.

1. La première partie du récit se déroulait en deux ou trois
heures. La deuxième partie va s'étendre sur plusieurs mois.
2. HEIKEL : Le dictionnaire *Duden* définit le mot ainsi : « difficile,
dangereux (de telle sorte qu'on ne sait pas quelle attitude prendre et

Son côté gauche lui faisait l'effet d'être une longue cicatrice, qui le tirait désagréablement, et sur ses deux rangées de pattes il était proprement obligé de boiter. Une de ses pattes avait d'ailleurs été sérieusement blessée au cours des incidents de la matinée — et c'était un miracle que ce fût la seule ; la vie s'en était retirée et elle traînait par terre.

C'est seulement quand il fut parvenu à la porte qu'il remarqua ce qui l'avait attiré de ce côté-là : c'était l'odeur de quelque chose de comestible. Il y avait là une jatte remplie de lait sucré, dans lequel nageaient de petites tranches de pain blanc. Il se serait presque mis à rire de plaisir, car sa faim était encore plus grande que le matin et il plongea aussitôt sa tête presque jusqu'aux yeux dans le lait. Mais il la retira bien vite avec déception : non seulement il avait de la peine à manger à cause de son malheureux côté gauche — pour manger, il devait, en haletant, faire un effort du corps entier —, mais en outre, il ne pouvait plus sentir le lait, qui était autrefois sa boisson préférée et que sa sœur avait sans doute placé là pour cette raison ; il se détourna de la jatte presque avec répugnance et rampa jusqu'au milieu de la chambre.

Dans la salle de séjour, on avait allumé le gaz, comme Gregor s'en rendit compte par la fente de la porte ; mais, alors que son père avait l'habitude, à cette heure du jour, de lire à haute voix à sa mère et à sa sœur son journal, qui paraissait l'après-midi, on n'entendait aujourd'hui aucun bruit.

qu'on préfère laisser la chose dans l'état) ». Ici : « qui lui donnait du souci » ou « qui l'obligeait à prendre des précautions ».

3. SCHNAUFEN : Respirer bruyamment, haleter.

Nun, vielleicht war dieses Vorlesen, von dem ihm die Schwester immer erzählte und schrieb, in der letzten Zeit überhaupt aus der Übung gekommen. Aber auch ringsherum war es so still, trotzdem doch gewiß die Wohnung nicht leer war. « Was für ein stilles Leben die Familie doch führte », sagte sich Gregor und fühlte, während er starr vor sich ins Dunkle sah, einen großen Stolz darüber, daß er seinen Eltern und seiner Schwester ein solches Leben in einer so schönen Wohnung hatte verschaffen können. Wie aber, wenn jetzt alle Ruhe, aller Wohlstand, alle Zufriedenheit ein Ende mit Schrecken nehmen sollten ? Um sich nicht in solche Gedanken zu verlieren, setzte sich Gregor lieber in Bewegung und kroch im Zimmer auf und ab.

Einmal während des langen Abends wurde die eine Seitentür und einmal die andere bis zu einer kleinen Spalte geöffnet und rasch wieder geschlossen ; jemand hatte wohl das Bedürfnis hereinzukommen, aber auch wieder zu viele Bedenken. Gregor machte nun unmittelbar bei der Wohnzimmertür halt, entschlossen, den zögernden Besucher doch irgendwie hereinzubringen oder doch wenigstens zu erfahren, wer es sei ; aber nun wurde die Tür nicht mehr geöffnet und Gregor wartete vergebens. Früh, als die Türen versperrt waren, hatten alle zu ihm hereinkommen wollen, jetzt, da er die eine Tür geöffnet hatte und die anderen offenbar während des Tages geöffnet worden waren, kam keiner mehr, und die Schlüssel steckten nun auch von außen.

Peut-être cette lecture, dont sa sœur ne cessait de lui parler dans ses conversations et dans ses lettres, avait-elle été abandonnée les derniers temps. Mais partout régnait le même silence, bien que la maison n'ait certainement pas été vide. « Quelle vie tranquille menait notre famille », pensa Gregor et, tout en regardant fixement dans le noir, il éprouvait une grande fierté d'avoir pu procurer une telle vie dans un aussi joli appartement à ses parents et à sa sœur. Mais qu'allait-il arriver maintenant, si cette tranquillité, cette satisfaction, ce bien-être allaient s'achever dans l'horreur ? Pour ne pas s'abandonner à ces pensées, Gregor préféra prendre du mouvement et se mit à ramper de-ci de-là dans la pièce.

Une fois pendant cette longue soirée, on entrouvrit, puis referma vivement une des portes latérales ; un peu plus tard, on recommença avec l'autre porte ; quelqu'un avait visiblement envie d'entrer, mais finalement les hésitations l'emportaient. Gregor s'arrêta tout près de la porte de la salle de séjour, bien décidé à faire entrer d'une manière ou d'une autre le visiteur hésitant ou du moins à savoir qui c'était ; mais on n'ouvrit plus la porte et Gregor attendit en vain. Le matin, lorsque toutes les portes étaient fermées, tout le monde avait voulu entrer et maintenant qu'il avait lui-même ouvert l'une des portes et qu'on avait certainement dû ouvrir les autres au cours de la journée, personne ne venait et on avait mis les clefs à l'extérieur.

Spät erst in der Nacht wurde das Licht im Wohnzimmer ausgelöscht, und nun war leicht festzustellen, daß die Eltern und die Schwester so lange wachgeblieben waren, denn wie man genau hören konnte, entfernten sich jetzt alle drei auf den Fußspitzen. Nun kam gewiß bis zum Morgen niemand mehr zu Gregor herein; er hatte also eine lange Zeit, um ungestört zu überlegen, wie er sein Leben jetzt neu ordnen sollte. Aber das hohe freie Zimmer, in dem er gezwungen war, flach auf dem Boden zu liegen, ängstigte ihn, ohne daß er die Ursache herausfinden konnte, denn es war ja sein seit fünf Jahren von ihm bewohntes Zimmer — und mit einer halb unbewußten Wendung[1] und nicht ohne eine leichte Scham eilte er unter das Kanapee, wo er sich, trotzdem sein Rücken ein wenig gedrückt wurde und trotzdem er den Kopf nicht mehr erheben konnte, gleich sehr behaglich fühlte und nur bedauerte, daß sein Körper zu breit war, um vollständig unter dem Kanapee untergebracht zu werden.

Dort blieb er die ganze Nacht, die er zum Teil im Halbschlaf, aus dem ihn der Hunger immer wieder aufschreckte, verbrachte, zum Teil aber in Sorgen und undeutlichen Hoffnungen, die aber alle zu dem Schlusse führten, daß er sich vorläufig ruhig verhalten und durch Geduld und größte Rücksichtnahme der Familie die Unannehmlichkeiten erträglich machen müsse, die er ihr in seinem gegenwärtigen Zustand nun einmal zu verursachen gezwungen war.

---

1. WENDUNG : Changement d'idée. A ce moment de son évolution, Gregor, à demi conscient, a encore honte de ce qu'il est devenu. Il pense que son mal est curable et qu'il traverse seulement une

La lumière ne s'éteignit dans la salle que tard dans la nuit et il lui fut dès lors facile de constater que ses parents et sa sœur étaient restés tout ce temps-là à veiller, car on les entendit fort bien s'éloigner tous les trois sur la pointe des pieds. Il était sûr maintenant que personne n'entrerait chez Gregor avant le matin ; il avait donc un bon moment pour méditer à son aise sur la nouvelle organisation de son existence. Mais cette grande chambre vide, où il était obligé de rester couché à plat sur le sol, lui faisait peur, sans qu'il pût en deviner la raison, car c'était la chambre où il logeait depuis cinq ans — et à la suite d'une décision à demi consciente et non sans une légère honte, il partit vivement se coucher sous le canapé, où il se sentit aussitôt tout à fait à son aise, bien que son dos fût un peu serré et qu'il lui fût impossible de relever la tête ; il regrettait seulement que son corps fût trop large pour pouvoir trouver place tout entier sous le canapé.

Il resta là toute la nuit, qu'il passa pour une part dans un demi-sommeil, dont la faim le tirait sans cesse en sursaut, mais pour une part aussi au milieu des soucis et de vagues espérances, qui le menaient tous à cette conclusion que le mieux était provisoirement de se tenir tranquille et d'essayer par de la patience et de grands ménagements de rendre supportables à sa famille les désagréments que son état actuel ne pouvait éviter de lui causer.

crise. On rapprochera ce passage du début du texte, p. 20 : « *Sein Zimmer, ein richtiges, nur etwas zu kleines Menschenzimmer, lag ruhig zwischen den vier wohlbekannten Wänden.* »

Schon am frühen Morgen, es war fast noch Nacht, hatte Gregor Gelegenheit, die Kraft seiner eben gefaßten Entschlüsse zu prüfen, denn vom Vorzimmer her öffnete die Schwester, fast völlig angezogen, die Tür und sah mit Spannung herein. Sie fand ihn nicht gleich, aber als sie ihn unter dem Kanapee bemerkte — Gott, er mußte doch irgendwo sein, er hatte doch nicht wegfliegen können —, erschrak sie so sehr, daß sie, ohne sich beherrschen zu können, die Tür von außen wieder zuschlug. Aber als bereue sie ihr Benehmen, öffnete sie die Tür sofort wieder und trat, als sei sie bei einem Schwerkranken oder gar bei einem Fremden, auf den Fußspitzen herein. Gregor hatte den Kopf bis knapp zum Rande des Kanapees vorgeschoben und beobachtete sie. Ob sie wohl bemerken würde, daß er die Milch stehengelassen hatte, und zwar keineswegs aus Mangel an Hunger, und ob sie eine andere Speise hereinbringen würde, die ihm besser entsprach? Täte sie es nicht von selbst, er wollte lieber verhungern, als sie darauf aufmerksam machen, trotzdem es ihn eigentlich ungeheuer drängte, unterm Kanapee vorzuschießen, sich der Schwester zu Füßen zu werfen und sie um irgend etwas Gutes zum Essen zu bitten. Aber die Schwester bemerkte sofort mit Verwunderung den noch vollen Napf, aus dem nur ein wenig Milch ringsherum verschüttet war, sie hob ihn gleich auf, zwar nicht mit den bloßen Händen, sondern mit einem Fetzen, und trug ihn hinaus. Gregor war äußerst neugierig, was sie zum Ersatze bringen würde, und er machte sich die verschiedensten Gedanken darüber.

De bon matin — il faisait encore presque nuit —, Gregor eut l'occasion de mettre à l'épreuve la force des résolutions qu'il venait de prendre, car la porte du vestibule s'ouvrit et sa sœur, déjà tout habillée, passa la tête avec une attention inquiète. Elle ne le trouva pas tout de suite et, lorsqu'elle le découvrit sous le canapé — pardieu! il fallait bien qu'il soit quelque part, il ne pouvait pourtant pas s'être envolé! — elle éprouva une telle terreur qu'elle ne put pas maîtriser ses mouvements et sortit en faisant claquer la porte. Mais, comme si elle se repentait de son attitude, elle rouvrit aussitôt et revint sur la pointe des pieds, comme elle l'aurait fait chez un grand malade ou même chez un étranger. Gregor avait avancé la tête jusqu'au bord du canapé et l'observait. Allait-elle remarquer qu'il n'avait pas touché au lait — et pas du tout parce qu'il n'avait pas faim — et allait-elle apporter une autre nourriture qui lui convînt davantage? Si elle ne le faisait pas d'elle-même, il aimait mieux mourir de faim que d'attirer là-dessus son attention; en dépit de l'envie qui le tenaillait, il n'aurait voulu pour rien au monde sortir de sous le canapé, se jeter aux pieds de sa sœur et la supplier de lui apporter quelque chose de bon à manger. Mais sa sœur remarqua aussitôt avec étonnement la jatte pleine, autour de laquelle un peu de lait s'était répandu; elle la ramassa immédiatement, mais sans la toucher directement et, en s'aidant d'un torchon, elle la porta dehors. Gregor se demandait avec la plus grande curiosité ce qu'elle apporterait à la place et se creusait la tête pour l'imaginer.

Niemals aber hätte er erraten können, was die Schwester in ihrer Güte wirklich tat. Sie brachte ihm, um seinen Geschmack zu prüfen, eine ganze Auswahl, alles auf einer alten Zeitung ausgebreitet. Da war altes halbverfaultes Gemüse; Knochen vom Nachtmahl her, die von festgewordener weißer Soße umgeben waren; ein paar Rosinen und Mandeln; ein Käse, den Gregor vor zwei Tagen für ungenießbar erklärt hatte; ein trockenes Brot, ein mit Butter beschmiertes Brot und ein mit Butter beschmiertes und gesalzenes Brot. Außerdem stellte sie zu dem allen noch den wahrscheinlich ein für allemal für Gregor bestimmten Napf, in den sie Wasser gegossen hatte[1]. Und aus Zartgefühl, da sie wußte, daß Gregor vor ihr nicht essen würde, entfernte sie sich eiligst und drehte sogar den Schlüssel um, damit nur Gregor merken könne, daß er es sich so behaglich machen dürfe, wie er wolle. Gregors Beinchen schwirrten[2], als es jetzt zum Essen ging. Seine Wunden mußten übrigens auch schon vollständig geheilt sein, er fühlte keine Behinderung mehr, er staunte darüber und dachte daran, wie er vor mehr als einem Monat sich mit dem Messer ganz wenig in den Finger geschnitten, und wie ihm diese Wunde noch vorgestern genug weh getan hatte. « Sollte ich jetzt weniger Feingefühl haben ? » dachte er und saugte schon gierig an dem Käse, zu dem es ihn vor allen anderen Speisen sofort und nachdrücklich gezogen hatte.

1. C'est ici l'endroit de rappeler que Kafka était particulièrement délicat dans le choix de sa nourriture. Il était en principe végétarien, sans en faire toutefois un principe absolu. Tout le passage est destiné à montrer qu'en face de la métamorphose de Gregor, les bons sentiments sont impuissants. Grete lui apportait de la sympathie ou tout au moins une pitié qu'il ne trouvait ni chez son

Mais il n'aurait jamais pu deviner jusqu'où irait la bonté de sa sœur. Afin de connaître son goût, elle lui apporta tout un choix de choses comestibles, qu'elle avait étalées sur un vieux journal. Il y avait là des légumes à moitié pourris, des os du dîner de la veille, dans une sauce blanchâtre figée ; des raisins secs et des amandes ; un fromage que Gregor avait déclaré immangeable l'avant-veille ; un pain rassis, deux tartines de beurre, l'une salée, l'autre non. Elle joignit à cela la jatte, qui semblait une fois pour toutes destinée à Gregor, qu'elle avait cette fois remplie d'eau. Et par délicatesse, parce qu'elle savait que Gregor ne mangerait pas devant elle, elle s'éloigna promptement et tourna même la clef pour que Gregor vît bien qu'il pouvait prendre toutes ses aises. Au moment d'aller vers la nourriture, les pattes de Gregor se mirent à s'agiter avec bruit. Ses blessures devaient être d'ailleurs entièrement guéries, il ne sentait plus aucune gêne ; il s'en étonna en songeant qu'il s'était fait au doigt une légère coupure avec un couteau, il y avait plus d'un mois, et que cette blessure le faisait encore souffrir deux jours plus tôt. « Serais-je devenu moins sensible ? », pensa-t-il, et déjà il léchait goulûment le fromage, qui l'avait aussitôt attiré le plus fortement au milieu des autres aliments.

---

père ni chez sa mère. Mais ces gestes en apparence affectueux procèdent plus du mépris ou d'une dangereuse complicité. Ils ne pourront qu'aggraver le mal. Il sera dit plus loin (p. 107) que la fausse charité de Grete ne procédait que d'une « légèreté enfantine ».

2. SCHWIRREN : Ce verbe évoque surtout un bruit de froissement.

Rasch hintereinander und mit vor Befriedigung tränenden Augen verzehrte er den Käse, das Gemüse und die Soße; die frischen Speisen dagegen schmeckten ihm nicht, er konnte nicht einmal ihren Geruch vertragen und schleppte sogar die Sachen, die er essen wollte, ein Stückchen weiter weg. Er war schon längst mit allem fertig und lag nur noch faul auf der gleichen Stelle, als die Schwester zum Zeichen, daß er sich zurückziehen solle, langsam den Schlüssel umdrehte. Das schreckte ihn sofort auf, trotzdem er schon fast schlummerte, und er eilte wieder unter das Kanapee. Aber es kostete ihn große Selbstüberwindung, auch nur die kurze Zeit, während welcher die Schwester im Zimmer war, unter dem Kanapee zu bleiben, denn von dem reichlichen Essen hatte sich sein Leib ein wenig gerundet und er konnte dort in der Enge kaum atmen. Unter kleinen Erstickungsanfällen sah er mit etwas hervorgequollenen Augen zu, wie die nichtsahnende Schwester mit einem Besen nicht nur die Überbleibsel zusammenkehrte, sondern selbst die von Gregor gar nicht berührten Speisen, als seien also auch diese nicht mehr zu gebrauchen, und wie sie alles hastig in einen Kübel schüttete, den sie mit einem Holzdeckel schloß, worauf sie alles hinaustrug. Kaum hatte sie sich umgedreht, zog sich schon Gregor unter dem Kanapee hervor und streckte und blähte sich.

Auf diese Weise bekam nun Gregor täglich sein Essen, einmal am Morgen, wenn die Eltern und das Dienstmädchen noch schliefen, das zweitemal nach dem allgemeinen Mittagessen, denn dann schliefen die Eltern gleichfalls noch ein Weilchen, und das Dienstmädchen wurde von der Schwester mir irgendeiner Besorgung weggeschickt.

Il dévora successivement le fromage, les légumes et la sauce, et la satisfaction lui faisait verser des larmes ; mais il n'avait en revanche aucun goût pour les nourritures fraîches, il n'en pouvait même pas supporter l'odeur et il traîna même un peu à l'écart les choses qu'il voulait manger. Il avait fini depuis longtemps et paressait encore à la même place, quand sa sœur, pour lui faire comprendre que le moment était venu de se retirer, tourna lentement la clef dans la serrure. Il sursauta immédiatement, bien qu'il fût à moitié endormi, et se hâta de regagner le canapé. Il lui fallut un grand effort sur lui-même pour y rester pendant le bref moment que sa sœur passa dans la chambre, car le repas copieux lui avait un peu gonflé le ventre, il se sentait à l'étroit et avait peine à respirer. Au milieu de petites crises d'étouffement, les yeux un peu exorbités, il regardait faire sa sœur qui, sans pouvoir rien comprendre, ramassait avec un balai non seulement ses restes, mais aussi les nourritures auxquelles il n'avait pas touché, comme si elles étaient devenues, elles aussi, inutilisables, et jetait vivement le tout dans un baquet, qu'elle recouvrit d'un couvercle de bois, et qu'elle emporta à la hâte. Elle avait à peine tourné les talons que Gregor sortit de sous le canapé, pour s'étirer et laisser son ventre se gonfler.

C'est ainsi que Gregor reçut désormais tous les jours la nourriture, une fois le matin, quand ses parents et la bonne dormaient encore, la deuxième fois après le repas général de midi, car les parents faisaient à ce moment-là encore une petite sieste et la sœur envoyait la bonne faire quelque commission.

Gewiß wollten auch sie nicht, daß Gregor verhungere, aber vielleicht hätten sie es nicht ertragen können, von seinem Essen mehr als durch Hörensagen zu erfahren, vielleicht wollte die Schwester ihnen auch eine möglicherweise nur kleine Trauer ersparen, denn tatsächlich litten sie ja gerade genug.

Mit welchen Ausreden man an jenem ersten Vormittag den Arzt und den Schlosser wieder aus der Wohnung geschafft hatte, konnte Gregor gar nicht erfahren, denn da er nicht verstanden wurde, dachte niemand daran, auch die Schwester nicht, daß er die anderen verstehen könne[1], und so mußte er sich, wenn die Schwester in seinem Zimmer war, damit begnügen, nur hier und da ihre Seufzer und Anrufe der Heiligen zu hören. Erst später, als sie sich ein wenig an alles gewöhnt hatte — von vollständiger Gewöhnung konnte natürlich niemals die Rede sein —, erhaschte Gregor manchmal eine Bemerkung, die freundlich gemeint war oder so gedeutet werden konnte. « Heute hat es ihm aber geschmeckt », sagte sie, wenn Gregor unter dem Essen tüchtig aufgeräumt hatte[2], während sie im gegenteiligen Fall, der sich allmählich immer häufiger wiederholte, fast traurig zu sagen pflegte : « Nun ist wieder alles stehen geblieben. »

1. Telle est, en effet, la situation imaginée par Kafka : on ne comprend pas Gregor ; mais lui, au moins dans cette phase centrale de son évolution, n'a rien perdu de sa lucidité. Ses informations sont très incomplètes, puisqu'il vit à l'écart de la communauté. Mais le

Ils ne voulaient certainement pas, eux non plus, laisser Gregor mourir de faim, mais peut-être n'auraient-ils pas supporté d'être informés de ses repas autrement que par ouï-dire ; il est possible aussi que la sœur ait voulu leur épargner une source de tristesse peut-être mineure, car ils avaient déjà bien assez à souffrir.

Gregor ne put jamais savoir grâce à quels prétextes on s'était débarrassé, le premier matin, du médecin et du serrurier ; en effet, comme on ne le comprenait pas, personne, même pas sa sœur, ne pensait qu'il était capable de comprendre les autres et il devait se contenter, quand sa sœur était dans sa chambre, de l'entendre de temps en temps soupirer ou invoquer les saints. C'est seulement plus tard, quand elle se fut un peu habituée à la situation — à laquelle naturellement il était impossible de s'habituer tout à fait —, que Gregor parvint quelquefois à saisir une remarque qui exprimait de la gentillesse ou qui permettait à tout le moins d'être interprétée de la sorte. « Eh bien ! aujourd'hui cela lui a plu », disait-elle, quand Gregor avait fait honneur au repas ou bien, dans le cas contraire, qui se produisait de plus en plus fréquemment : « Voilà qu'il a encore tout laissé. »

meilleur de son temps se passe à interpréter des signes, dont le sens ne lui est que très partiellement intelligible.

2. UNTER DEM ESSEN TÜCHTIG AUFGERÄUMT HATTE : Il avait, en mangeant correctement, fait place nette dans les assiettes.

Während aber Gregor unmittelbar keine Neuigkeit erfahren konnte, erhorchte er manches aus den Nebenzimmern, und wo er nur einmal Stimmen hörte, lief er gleich zu der betreffenden Tür und drückte sich mit ganzem Leib an sie. Besonders in der ersten Zeit gab es kein Gespräch, das nicht irgendwie, wenn auch nur im geheimen, von ihm handelte. Zwei Tage lang waren bei allen Mahlzeiten Beratungen darüber zu hören, wie man sich jetzt verhalten solle ; aber auch zwischen den Mahlzeiten sprach man über das gleiche Thema, denn immer waren zumindest zwei Familienmitglieder zu Hause, da wohl niemand allein zu Hause bleiben wollte und man die Wohnung doch auf keinen Fall gänzlich verlassen konnte. Auch hatte das Dienstmädchen gleich am ersten Tag — es war nicht ganz klar, was und wieviel sie von dem Vorgefallenen wußte — kniefällig die Mutter gebeten, sie sofort zu entlassen, und als sie sich eine Viertelstunde danach verabschiedete, dankte sie für die Entlassung unter Tränen, wie für die größte Wohltat, die man ihr erwiesen hatte, und gab, ohne daß man es von ihr verlangte, einen fürchterlichen Schwur [1] ab, niemandem auch nur das Geringste zu verraten.

Nun mußte die Schwester im Verein mit der Mutter auch kochen ; allerdings machte das nicht viel Mühe, denn man aß fast nichts. Immer wieder hörte Gregor, wie der eine den anderen vergebens zum Essen aufforderte und keine andere Antwort bekam, als : « Danke, ich habe genug » oder etwas Ähnliches.

1. EINEN FÜRCHTERLICHEN SCHWUR : Littéralement : un terrible serment.

Mais, si Gregor ne pouvait apprendre directement aucune nouvelle, il parvenait à glaner des informations dans les pièces voisines et, dès qu'il entendait parler, il se précipitait aussitôt sur la porte en question et s'y collait de tout son long. Dans les premiers temps surtout, il n'y avait aucune conversation qui ne portât plus ou moins, fût-ce à mots couverts, sur son compte. Pendant deux jours, tous les conciliabules pendant les repas portaient sur la conduite à tenir et, entre les repas, on reprenait le même sujet, car il y avait toujours au moins deux membres de la famille à la maison; personne ne voulait probablement y rester seul et il était encore moins question de laisser la maison vide. Quant à la bonne, dès le premier jour — sans qu'on pût comprendre clairement ce qu'elle connaissait des événements et comment elle les avait appris —, elle avait supplié la mère à genoux de lui donner immédiatement son congé et, en faisant des adieux un quart d'heure plus tard, elle remerciait de son renvoi comme s'il s'était agi du plus grand des bienfaits dont elle ait jamais bénéficié et, sans qu'on le lui eût demandé, elle s'était engagée par un serment solennel à ne jamais révéler à personne la moindre chose.

C'est sa sœur désormais qui devait, avec sa mère, se charger de la cuisine. Il est vrai que cela ne leur donnait pas beaucoup de mal, car on ne mangeait presque rien. A tout moment, Gregor entendait un membre de la famille en exhorter vainement un autre à prendre de la nourriture; il n'obtenait pas d'autre réponse que : « Merci, j'ai assez », ou une autre phrase de ce genre.

Getrunken wurde vielleicht auch nichts. Öfters fragte die Schwester den Vater, ob er Bier haben wolle, und herzlich erbot sie sich, es selbst zu holen, und als der Vater schwieg, sagte sie, um ihm jedes Bedenken zu nehmen, sie könne auch die Hausmeisterin[1] darum schicken, aber dann sagte der Vater schließlich ein großes « Nein », und es wurde nicht mehr davon gesprochen.

Schon im Laufe des ersten Tages legte der Vater die ganzen Vermögensverhältnisse und Aussichten sowohl der Mutter, als auch der Schwester dar. Hie und da stand er vom Tische auf und holte aus seiner kleinen Wertheimkassa[2], die er aus dem vor fünf Jahren erfolgten Zusammenbruch seines Geschäftes gerettet hatte, irgendeinen Beleg oder irgendein Vormerkbuch. Man hörte, wie er das komplizierte Schloß aufsperrte und nach Entnahme des Gesuchten wieder verschloß. Diese Erklärungen des Vaters waren zum Teil das erste Erfreuliche, was Gregor seit seiner Gefangenschaft zu hören bekam. Er war der Meinung gewesen, daß dem Vater von jenem Geschäft her nicht das Geringste übriggeblieben war, zumindest hatte ihm der Vater nichts Gegenteiliges gesagt, und Gregor allerdings hatte ihn auch nicht darum gefragt. Gregors Sorge war damals nur gewesen, alles daranzusetzen, um die Familie das geschäftliche Unglück, das alle in eine vollständige Hoffnungslosigkeit gebracht hatte, möglichst rasch vergessen zu lassen.

1. HAUSMEISTERIN : La concierge, la gardienne.
2. WERTHEIMKASSA : *Kassa* désigne en autrichien le coffre-fort. Wertheim est le grand magasain où il a été acheté.

On avait aussi l'impression qu'on ne buvait pas davantage. La sœur demandait souvent à son père s'il voulait de la bière et lui proposait gentiment d'aller en chercher elle-même. Quand son père ne répondait pas, elle disait, pour lui retirer tout scrupule, qu'elle pouvait également envoyer la concierge, mais son père finissait par dire : « Non » d'un ton ferme et on n'en parlait plus.

Dès le premier jour, le père avait fait à la mère en même temps qu'à la sœur un exposé sur sa situation de fortune et sur les perspectives d'avenir. De temps en temps, il se levait de table et allait chercher dans le petit coffre-fort Wertheim qu'il était parvenu à sauver du désastre de son entreprise, cinq ans plus tôt, un document ou un registre. On l'entendait ouvrir la serrure compliquée du coffre et la refermer après avoir trouvé ce qu'il cherchait. Ces explications que donnait son père étaient sans doute pour une part la première chose agréable que Gregor entendait depuis le début de sa captivité. Il avait toujours pensé que son père n'avait rien pu sauver du tout de cette entreprise ; son père, à tout le moins, n'avait jamais cherché à le détromper et Gregor d'ailleurs ne lui posait aucune question à ce sujet. Le souci de Gregor n'avait toujours été en ce temps-là que de faire oublier le plus vite possible à sa famille la catastrophe qui l'avait privée de tout espoir.

Und so hatte er damals mit ganz besonderem Feuer zu
arbeiten angefangen und war fast über Nacht aus
einem kleinen Kommis ein Reisender geworden, der
natürlich ganz andere Möglichkeiten des Geldverdie-
nens hatte, und dessen Arbeitserfolge sich sofort in
Form der Provision zu Bargeld verwandelten, das der
erstaunten und beglückten Familie zu Hause auf den
Tisch gelegt werden konnte. Es waren schöne Zeiten
gewesen, und niemals nachher hatten sie sich, wenigstens in diesem Glanze, wiederholt, trotzdem Gregor
später so viel Geld verdiente, daß er den Aufwand der
ganzen Familie zu tragen imstande war und auch trug.
Man hatte sich eben daran gewöhnt, sowohl die
Familie als auch Gregor, man nahm das Geld dankbar
an, er lieferte es gern ab, aber eine besondere Wärme
wollte sich nicht mehr ergeben. Nur die Schwester war
Gregor doch noch nahe geblieben, und es war sein
geheimer Plan, sie, die zum Unterschied von Gregor
Musik sehr liebte und rührend Violine zu spielen
verstand, nächstes Jahr, ohne Rücksicht auf die großen Kosten, die das verursachen mußte, und die man
schon auf andere Weise hereinbringen würde, auf das
Konservatorium zu schicken. Öfters während der
kurzen Aufenthalte Gregors in der Stadt wurde in den
Gesprächen mit der Schwester das Konservatorium
erwähnt, aber immer nur als schöner Traum, an
dessen Verwirklichung nicht zu denken war, und die
Eltern hörten nicht einmal diese unschuldigen Erwäh-
nungen gern; aber Gregor dachte sehr bestimmt daran
und beabsichtigte, es am Weihnachtsabend feierlich zu
erklären.

Et il s'était lancé dans le travail avec une ardeur toute particulière ; de petit commis qu'il était, il était d'un jour à l'autre devenu voyageur, ce qui offrait naturellement de tout autres possibilités de salaire, et ses succès professionnels s'étaient aussitôt traduits en argent liquide, qu'on lui remettait à titre de provision et qu'il pouvait étaler chez lui sur la table, devant une famille étonnée et ravie. C'étaient de belles années et il ne s'en était plus trouvé depuis qui leur fussent comparables et qui fussent du moins aussi brillantes, bien que Gregor eût ensuite gagné tellement d'argent qu'il fut en mesure de subvenir aux besoins de la famille entière, ce qu'il fit en effet. Tout le monde s'y était habitué, la famille aussi bien que Gregor ; on acceptait l'argent avec gratitude et lui le donnait volontiers, mais il ne régnait plus autant de chaleur que dans les premiers temps. Seule sa sœur était restée assez proche de Gregor, et comme, contrairement à lui, elle aimait la musique et jouait bien du violon, il avait conçu secrètement le plan de l'envoyer l'année suivante au Conservatoire, sans se soucier des frais élevés que cela entraînerait et qu'on parviendrait bien à couvrir d'une manière ou d'une autre. Ce Conservatoire revenait fréquemment dans les entretiens entre le frère et la sœur, pendant les brefs séjours que Gregor faisait à la ville ; ils n'en parlaient que comme d'un beau rêve, à peu près irréalisable, et même ces innocentes allusions n'étaient guère approuvées des parents, mais Gregor y pensait de la façon la plus précise et il avait formé le projet de l'annoncer solennellement le soir de Noël.

Solche in seinem gegenwärtigen Zustand ganz nutz-
lose Gedanken gingen ihm durch den Kopf, während
er dort aufrecht an der Türe klebte und horchte.
Manchmal konnte er vor allgemeiner Müdigkeit gar
nicht mehr zuhören und ließ den Kopf nachlässig
gegen die Tür schlagen, hielt ihn aber sofort wieder
fest, denn selbst das kleine Geräusch, das er damit
verursacht hatte, war nebenan gehört worden und
hatte alle verstummen lassen. « Was er nur wieder
treibt », sagte der Vater nach einer Weile, offenbar zur
Türe hingewendet, und dann erst wurde das unterbro-
chene Gespräch allmählich wieder aufgenommen.

Gregor erfuhr nun zur Genüge — denn der Vater
pflegte sich in seinen Erklärungen öfters zu wieder-
holen, teils, weil er selbst sich mit diesen Dingen schon
lange nicht beschäftigt hatte, teils auch, weil die
Mutter nicht alles gleich beim erstenmal verstand —,
daß trotz allen Unglücks ein allerdings ganz kleines
Vermögen aus der alten Zeit noch vorhanden war, das
die nicht angerührten Zinsen[1] in der Zwischenzeit ein
wenig hatten anwachsen lassen. Außerdem aber war
das Geld, das Gregor allmonatlich nach Hause
gebracht hatte — er selbst hatte nur ein paar Gulden
für sich behalten —, nicht vollständig aufgebraucht
worden und hatte sich zu einem kleinen Kapital
angesammelt. Gregor, hinter seiner Türe, nickte eif-
rig, erfreut über diese unerwartete Vorsicht und
Sparsamkeit.

1. DIE NICHT ANGERÜHRTEN ZINSEN : Les intérêts auxquels on
n'avait pas touché entre-temps.

1   Franz Kafka photographié vers 1922 devant le palais Kinsky, sur l'Altstädter Ring, où son père avait un magasin de nouveautés.

2   La maison où naquit Kafka, le 3 juillet 1883, dans la rue Karp près de l'église Saint-Nicolas.

3   Les parents de Kafka, Hermann et Julie.

4   Kafka avec sa fiancée Felice Bauer à Budapest en juillet 1917. Il avait fait sa connaissance en septembre 1912 chez Max Brod, deux mois avant la rédaction de *La Métamorphose*.

4

5

6

FRANZ KAFKA
DIE VERWANDLUNG

DER JÜNGSTE TAG · 22/23
KURT WOLFF VERLAG · LEIPZIG
1916

5 L'éditeur Kurt Wolff. Il publia dans sa nouvelle collection « Der jüngste Tag », consacrée à la littérature contemporaine, trois titres de Kafka : *Le Soutier, La Métamorphose* et *le Verdict.*

6 Couverture de *La Métamorphose* illustrée par Ottomar Starke. Lorsque Kafka apprit que celui-ci illustrait le livre, il écrivit à son éditeur : « L'insecte luimême ne peut être dessiné. On ne peut même pas le montrer de loin. »

7

7 Hans Fronius : portrait de Franz Kafka à Prague, 1947. Bibliothèque nationale, Paris.

8 Verso d'une carte de visite datée du 23 septembre 1912 par laquelle Kafka avise son chef qu'il a été victime d'un évanouissement mais qu'il viendra au bureau « peut-être après 12 heures ».

Sehr geehrter Herr Oberinspektor!
Ich habe heute früh einen kleinen Ohnmachtsanfall gehabt und habe etwas Fieber. Ich bleibe daher zu Hause. Es ist aber bestimmt ohne Bedeutung und ich komme bestimmt heute noch, wenn auch vielleicht erst nach 12 ins Bureau

8

9

La Métamorphose, le plus célèbre des récits de
Kafka, est aussi son texte le plus cruel.

9   Jiri Kolár : *Prague.*
Galerie Lelong, Paris.

10   Egon Schiele : *La Chambre de l'artiste à Neuleng-
bach.* Historisches Museum der Stadt Wien,
Vienne.

11   Georges Kars : *Vue de Prague.* Musée de
Troyes.

10

11

« ... avant même d'avoir pu reconnaître que ce qu'elle voyait était bien Gregor
elle hurla d'une voix rauque : "Oh ! mon Dieu, mon Dieu !", sur quoi elle
tomba sur le canapé en écartant les bras, comme si elle renonçait à tout, et
resta là immobile. »

12   Hans Fronius, illustration pour *La Métamorphose*, 1946. Bibliothèque nationale, Paris.

13

14

« Lorsque Gregor Samsa s'éveilla un matin au sortir de rêves agités, il se retrouva dans son lit changé en un énorme cancrelat. »

13 et 16   *De l'éducation des insectes*, d'après *La Métamorphose*. Mise en scène : Ewa Lewinson. Avec P. F. Bonneau, F. Charbonneaux, I. Cohen, M. Gascon et H. Petit. Théâtre du Marais, 1979.

Le Coléoptère, d'après Kafka par le Théâtre de la Communauté. Théâtre uffetard, 1964.

Pierre Tabard dans *La Métamorphose* de Maria Ley Piscator d'après Kafka. se en scène : Daniel Emilfork. Studio des Champs-Élysées, 1968.

« Le père chassait Gregor impitoyablement, en poussant des sifflements de sauvage, et Gregor, qui ne s'était pas encore exercé à marcher à reculons ne pouvait se déplacer que très lentement. »

17, 18 et 19 *La Métamorphose*, d'après Kafka. Mise en scène : Roman Polanski. Avec R. Polanski et Fred Personne. Théâtre du Gymnase, 1988.

18

17

19

Abbild. 2.

Aber nicht nur alle Vorsichtsmassregeln, auch alle Schutzvorrichtungen schienen dieser Gefahr gegenüber zu versagen, indem sie sich entweder als durchaus ungenügend erwiesen, oder zwar einerseits die Gefahr verminderten (im Wege selbsttätiger Zudeckung der Messerspalte durch Schutzblechschieber oder durch Verkleinerung der Messerspalte), andererseits aber die Gefahr erhöhten, indem sie den Spähnen keinen genügenden Fallraum gaben, so dass die Messerspalte sich verstopfte und häufig Verletzungen von Fingern vorkamen, wenn der Arbeiter die Spalte von Spähnen freimachen wollte.

20   Extrait d'un article de Kafka sur la protection des accidents causés par les dégauchisseuses à bois, paru dans le *Rapport* de la Compagnie d'assurances, 1909.

21   En été 1912, Kafka entreprend avec Max Brod un pèlerinage aux sources du classicisme allemand. Le pavillon de Goethe à Weimar.

22   Le même dessiné par Kafka.

21

22

HOTEL SANDWIRTH
VENEDIG
Rivé degli Schiavoni

JOH PERKHOFER
Besitzer

15.9.13

Felice, Dein Brief ist wieder eine
Antwort auf die letzten Briefe noch
unserer Verabredung entsprechend.
Ich mache Dir keinen Vorwurf deshalb
von meinen Briefen gilt ja dasselbe.
Wir wollten bis ich wiederkomme
irgendwo uns treffen, um deröl, wie
wir beide sind, vielleicht aber aus
dem anderen sich Kräfte zu holen.
Ist Dir denn noch nicht klar,
wie es um mich steht, Felice?

23 Lettre à Felice Bauer datée du 15 septembre 1913. Kafka passa seul quelques jours de vacances à Venise « immensément malheureux », et « d'une tristesse telle, lui écrit-il, que ça déborde presque ».

Des pensées de ce genre, fort inutiles dans sa situation présente, lui passaient par la tête lorsqu'il restait debout, collé à la porte, à écouter. Quelquefois, sa lassitude était telle qu'il ne pouvait même plus écouter ; il laissait alors sa tête négligemment cogner contre la porte, mais il ne tardait pas à se reprendre, car même le petit bruit qu'il avait ainsi provoqué avait été entendu à côté et tout le monde s'était tu. « Que fabrique-t-il encore ? », demandait le père au bout d'un moment, en se tournant sans doute vers la porte, et c'est seulement ensuite que la conversation un moment interrompue pouvait reprendre.

Gregor apprit alors, plus qu'il n'était besoin — car son père avait coutume de se répéter souvent dans ses explications, d'une part parce qu'il avait cessé depuis longtemps de s'occuper de ces affaires et d'autre part aussi parce que la mère ne comprenait pas tout du premier coup —, que malgré leurs déboires, il leur restait de l'ancien temps une fortune, assez peu considérable à vrai dire, mais que les intérêts accumulés avaient entre-temps un peu augmentée. On n'avait pas non plus dépensé tout l'argent que Gregor, qui ne gardait pour lui-même que quelques florins, apportait tous les mois, et on avait de la sorte constitué un petit capital. Gregor, derrière sa porte, approuvait vivement de la tête, tout heureux de cette prévoyance et de cette économie, qu'il ne soupçonnait pas.

97

Eigentlich hätte er ja mit diesen überschüssigen Geldern die Schuld des Vaters gegenüber dem Chef weiter abgetragen haben können, und jener Tag, an dem er diesen Posten hätte loswerden können, wäre weit näher gewesen, aber jetzt war es zweifellos besser so, wie es der Vater eingerichtet hatte.

Nun genügte dieses Geld aber ganz und gar nicht, um die Familie etwa von den Zinsen leben zu lassen; es genügte vielleicht, um die Familie ein, höchstens zwei Jahre zu erhalten, mehr war es nicht. Es war also bloß eine Summe, die man eigentlich nicht angreifen durfte, und die für den Notfall zurückgelegt werden mußte; das Geld zum Leben aber mußte man verdienen. Nun war aber der Vater ein zwar gesunder, aber alter Mann, der schon fünf Jahre nichts gearbeitet hatte und sich jedenfalls nicht viel zutrauen durfte; er hatte in diesen fünf Jahren, welche die ersten Ferien seines mühevollen und doch erfolglosen Lebens waren, viel Fett angesetzt und war dadurch recht schwerfällig geworden. Und die alte Mutter sollte nun vielleicht Geld verdienen, die an Asthma litt, der eine Wanderung durch die Wohnung schon Anstrengung verursachte, und die jeden zweiten Tag in Atembeschwerden[1] auf dem Sofa beim offenen Fenster verbrachte? Und die Schwester sollte Geld verdienen, die noch ein Kind war mit ihren siebzehn Jahren, und der ihre bisherige Lebensweise so sehr zu gönnen[2] war, die daraus bestanden hatte, sich nett zu kleiden, lange zu schlafen, in der Wirtschaft mitzuhelfen, an ein paar bescheidenen Vergnügungen sich zu beteiligen und vor allem Violine zu spielen?

1. ATEMBESCHWERDEN : Des difficultés respiratoires.
2. GÖNNEN : A qui l'on allait accorder (la vie qu'elle avait menée).

A vrai dire, il aurait pu, grâce à cet argent excéden-
taire, continuer à amortir la dette que son père avait
contractée envers son patron et le jour où il aurait pu
se libérer de son poste se serait considérablement
rapproché, mais la façon dont son père en avait
disposé était sans nul doute préférable.

En tout cas, cet argent ne suffisait absolument pas
pour permettre à la famille de vivre des intérêts ; il eût
permis tout au plus de l'entretenir un an ou deux.
C'était donc une somme qu'on ne devait pas attaquer
et qu'il fallait conserver pour le cas où on se serait
trouvé un jour dans le besoin, pas autre chose ; quant à
l'argent pour la vie courante, il fallait continuer à le
gagner. Or le père se portait bien, assurément, mais
c'était un homme âgé, qui avait cessé tout travail
depuis cinq ans et, en tout cas, il ne devait pas
présumer de ses forces ; ces cinq années avaient été les
premières vacances qu'il ait prises dans une vie de
labeur, et pourtant rarement couronnée de succès ; il
avait beaucoup engraissé et s'était déjà passablement
encroûté. Et ce n'était certainement pas sa vieille mère
qui allait gagner de l'argent avec son asthme, elle pour
qui un déplacement à travers l'appartement représentait déjà un effort et qui tous les deux jours restait
assise sur le sofa à étouffer devant la fenêtre ouverte. Et
c'est à sa sœur qu'on allait demander de gagner de
l'argent ? à dix-sept ans, c'était encore une enfant,
qu'on n'allait certes pas priver de la vie qu'elle avait
menée jusqu'ici et qui avait consisté à s'habiller
gentiment, à faire la grasse matinée, à donner un coup
de main au ménage, à participer à de modestes
divertissements et surtout à jouer du violon.

Wenn die Rede auf diese Notwendigkeit des Geldver-
dienens kam, ließ zuerst immer Gregor die Türe los
und warf sich auf das neben der Tür befindliche kühle
Ledersofa, denn ihm war ganz heiß vor Beschämung
und Trauer.

Oft lag er dort die ganzen langen Nächte über,
schlief keinen Augenblick und scharrte[1] nur stundenlang auf dem Leder. Oder er scheute nicht die große
Mühe, einen Sessel zum Fenster zu schieben, dann die
Fensterbrüstung hinaufzukriechen und, in den Sessel
gestemmt, sich ans Fenster zu lehnen, offenbar nur in
irgendeiner Erinnerung an das Befreiende, das früher
für ihn darin gelegen war, aus dem Fenster zu
schauen. Denn tatsächlich sah er von Tag zu Tag die
auch nur ein wenig entfernten Dinge immer undeutli-
cher ; das gegenüberliegende Krankenhaus, dessen nur
allzu häufigen Anblick er früher verflucht hatte,
bekam er überhaupt nicht mehr zu Gesicht, und wenn
er nicht genau gewußt hätte, daß er in der stillen, aber
völlig städtischen Charlottenstraße wohnte, hätte er
glauben können, von seinem Fenster aus in eine
Einöde zu schauen, in welcher der graue Himmel und
die graue Erde ununterscheidbar sich vereinigten[2].
Nur zweimal hatte die aufmerksame Schwester sehen
müssen, daß der Sessel beim Fenster stand, als sie schon
jedesmal, nachdem sie das Zimmer aufgeräumt hatte,
den Sessel wieder genau zum Fenster hinschob, ja sogar
von nun ab den inneren Fensterflügel offen ließ[3].

1. SCHARREN : Gratter avec les ongles ou les griffes.
2. Dans sa totale introversion, Gregor a entièrement détruit le
monde extérieur.
3. Il s'agit de doubles fenêtres, comme il est usuel en Europe
centrale.

Quand la conversation venait à évoquer la nécessité de gagner de l'argent, Gregor était le premier à laisser retomber la porte et allait se jeter, pour y trouver un peu de fraîcheur, sur le canapé de cuir qui se trouvait à côté, tant il était brûlant de confusion et de tristesse.

C'est là qu'il restait souvent tout au long des nuits, sans dormir un seul instant, occupé à gratter le cuir pendant des heures. Ou bien il ne reculait pas devant le grand effort qu'il devait déployer pour pousser une chaise jusqu'à la fenêtre, se dresser ensuite pour grimper jusqu'au garde-fou et là, bien calé sur son siège, pour rester appuyé à la croisée, en souvenir manifestement de l'impression de liberté qu'il éprouvait autrefois quand il regardait par la fenêtre. Car maintenant, il reconnaissait de moins en moins clairement les objets, dès qu'ils étaient un peu éloignés ; il ne parvenait même plus à voir l'hôpital d'en face, qu'il détestait autrefois pour être trop habitué à le voir ; et s'il n'avait pas su pertinemment qu'il habitait la Charlottenstrasse, une rue paisible mais urbaine, il aurait pu croire que sa fenêtre ne donnait que sur un désert, où le ciel gris et la terre grise se confondaient indiscernablement. Il avait suffi à sa sœur, toujours attentive, de voir deux fois la chaise près de la fenêtre pour la remettre exactement au même endroit après avoir fait la chambre ; elle prit même l'habitude de laisser désormais ouvert le battant de la fenêtre intérieure.

Hätte Gregor nur mit der Schwester sprechen und ihr für alles danken können, was sie für ihn machen mußte, er hätte ihre Dienste leichter ertragen; so aber litt er darunter. Die Schwester suchte freilich die Peinlichkeit des Ganzen möglichst zu verwischen, und je längere Zeit verging, desto besser gelang es ihr natürlich auch, aber auch Gregor durchschaute mit der Zeit alles viel genauer. Schon ihr Eintritt war für ihn schrecklich. Kaum war sie eingetreten, lief sie, ohne sich Zeit zu nehmen, die Türe zu schließen, so sehr sie sonst darauf achtete, jedem den Anblick von Gregors Zimmer zu ersparen, geradewegs zum Fenster und riß es, als ersticke sie fast, mit hastigen Händen auf, blieb auch, selbst wenn es noch so kalt war, ein Weilchen beim Fenster und atmete tief. Mit diesem Laufen und Lärmen erschreckte sie Gregor täglich zweimal; die ganze Zeit über zitterte er unter dem Kanapee und wußte doch sehr gut, daß sie ihn gewiß gerne damit verschont hätte, wenn es ihr nur möglich gewesen wäre, sich in einem Zimmer, in dem sich Gregor befand, bei geschlossenem Fenster aufzuhalten.

Einmal, es war wohl schon ein Monat seit Gregors Verwandlung vergangen, und es war doch schon für die Schwester kein besonderer Grund mehr, über Gregors Aussehen in Erstaunen zu geraten, kam sie ein wenig früher als sonst und traf Gregor noch an, wie er, unbeweglich und so recht zum Erschrecken aufgestellt, aus dem Fenster schaute.

Si seulement Gregor avait pu parler à sa sœur et la remercier de tout ce qu'elle faisait pour lui, il lui aurait été plus facile de supporter les services qu'elle lui rendait ; mais, dans la situation actuelle, il en souffrait. Sa sœur essayait évidemment de dissimuler autant que possible ce que tout cela avait de pénible et, naturellement, plus le temps passait, mieux elle y parvenait ; mais, de son côté, Gregor, lui aussi, voyait les choses avec une précision toujours plus grande. Le moment déjà où elle entrait dans la pièce était pour lui terrible. A peine était-elle entrée que, sans prendre le temps de fermer la porte, malgré le soin qu'elle prenait à épargner à tout le monde le spectacle de la chambre de Gregor, elle courait droit à la fenêtre et en toute hâte, comme si elle était sur le point d'étouffer, elle l'ouvrait toute grande, puis, même par grand froid, elle restait près de la fenêtre à respirer profondément. Deux fois par jour, elle épouvantait Gregor à courir pareillement et à faire tout ce bruit ; il restait tout ce temps-là à frissonner sous son canapé, tout en sachant fort bien qu'elle lui aurait épargné ce supplice, si seulement elle avait pu rester, la fenêtre fermée, dans la pièce où il se trouvait.

Un jour — il pouvait s'être écoulé un mois depuis la métamorphose de Gregor et sa sœur n'avait donc plus grand motif de s'étonner de son aspect — elle arriva un peu plus tôt qu'à l'ordinaire et trouva Gregor en train de regarder par la fenêtre ; il était dressé de tout son haut, immobile, dans une position bien faite pour inspirer la terreur.

Es wäre für Gregor nicht unerwartet gewesen, wenn sie nicht eingetreten wäre, da er sie durch seine Stellung verhinderte, sofort das Fenster zu öffnen, aber sie trat nicht nur nicht ein, sie fuhr sogar zurück und schloß die Tür; ein Fremder hätte geradezu denken können, Gregor habe ihr aufgelauert und habe sie beißen wollen. Gregor versteckte sich natürlich sofort unter dem Kanapee, aber er mußte bis zum Mittag warten, ehe die Schwester wiederkam, und sie schien viel unruhiger als sonst. Er erkannte daraus, daß ihr sein Anblick noch immer unerträglich war und ihr auch weiterhin unerträglich bleiben müsse, und daß sie sich wohl sehr überwinden mußte, vor dem Anblick auch nur der kleinen Partie seines Körpers nicht davonzulaufen, mit der er unter dem Kanapee hervorragte. Um ihr auch diesen Anblick zu ersparen, trug er eines Tages auf seinem Rücken — er brauchte zu dieser Arbeit vier Stunden — das Leintuch auf das Kanapee und ordnete es in einer solchen Weise an, daß er nun gänzlich verdeckt war, und daß die Schwester, selbst wenn sie sich bückte, ihn nicht sehen konnte. Wäre dieses Leintuch ihrer Meinung nach nicht nötig gewesen, dann hätte sie es ja entfernen können, denn daß es nicht zum Vergnügen Gregors gehören konnte, sich so ganz und gar abzusperren [1], war doch klar genug, aber sie ließ das Leintuch, so wie es war,

1. Dans cette phase intermédiaire, Gregor, se sentant coupable, tente de ménager ceux qui l'entourent; il se renie ou se cache. Il sera le premier à ne pas souhaiter la visite de sa mère. L'affirmation de lui-même sera, plus tard, un geste de révolte et cette révolte ne pourra conduire qu'à la mort.

Gregor ne se serait pas étonné si elle n'était pas entrée, car il l'empêchait par sa position d'ouvrir tout de suite la fenêtre ; mais elle ne se contenta pas de ne pas entrer, elle recula épouvantée et ferma la porte à clef ; un étranger aurait vraiment pu penser que Gregor s'était mis à l'affût pour la mordre. Il alla naturellement se cacher aussitôt sous le canapé, mais il fallut attendre midi avant que sa sœur ne revînt, l'air beaucoup plus inquiet qu'à l'ordinaire. Il en conclut que son aspect n'avait pas cessé de lui inspirer de la répugnance, qu'il en serait encore ainsi à l'avenir et que, dès que la plus petite partie de son corps dépassait du canapé, elle devait se faire violence pour ne pas immédiatement prendre la fuite. Afin de lui épargner ce spectacle, il prit un jour le drap de lit, le tira sur son dos jusque sur le canapé — ce qui lui demanda quatre bonnes heures de travail — et le disposa de manière à être entièrement couvert, afin que sa sœur ne pût plus rien voir, même en se baissant. Si elle avait estimé que ce drap n'était pas nécessaire, elle aurait toujours pu le retirer, car il était bien évident que ce n'était pas pour son plaisir que Gregor se coupait ainsi du reste du monde ; mais elle laissa le drap tel qu'il était

und Gregor glaubte sogar einen dankbaren Blick erhascht zu haben, als er einmal mit dem Kopf vorsichtig das Leintuch ein wenig lüftete, um nachzusehen, wie die Schwester die neue Einrichtung aufnahm.

In den ersten vierzehn Tagen konnten es die Eltern nicht über sich bringen, zu ihm hereinzukommen, und er hörte oft, wie sie die jetzige Arbeit der Schwester völlig anerkannten, während sie sich bisher häufig über die Schwester geärgert hatten, weil sie ihnen als ein etwas nutzloses Mädchen erschienen war. Nun aber warteten oft beide, der Vater und die Mutter, vor Gregors Zimmer, während die Schwester dort aufräumte, und kaum war sie herausgekommen, mußte sie ganz genau erzählen, wie es in dem Zimmer aussah, was Gregor gegessen hatte, wie er sich diesmal benommen hatte, und ob vielleicht eine kleine Besserung zu bemerken war. Die Mutter übrigens wollte verhältnismäßig bald Gregor besuchen, aber der Vater und die Schwester hielten sie zuerst mit Vernunftgründen zurück, denen Gregor sehr aufmerksam zuhörte, und die er vollständig billigte. Später aber mußte man sie mit Gewalt zurückhalten, und wenn sie dann rief : « Laßt mich doch zu Gregor, er ist ja mein unglücklicher Sohn ! Begreift ihr es denn nicht, daß ich zu ihm muß ? », dann dachte Gregor, daß es vielleicht doch gut wäre, wenn die Mutter hereinkäme, nicht jeden Tag natürlich, aber vielleicht einmal in der Woche ; sie verstand doch alles viel besser als die Schwester, die trotz all ihrem Mute doch nur ein Kind war und im letzten Grunde vielleicht nur aus kindlichem Leichtsinn eine so schwere Aufgabe übernommen hatte.

et Gregor crut même surprendre chez elle un regard de reconnaissance, un jour qu'avec précaution, il avait soulevé légèrement le drap avec sa tête pour voir comment sa sœur appréciait sa nouvelle organisation.

Pendant la première quinzaine, les parents n'avaient pu prendre sur eux d'entrer dans la chambre et il les entendit souvent louer sans réserve le travail de sa sœur, alors qu'autrefois ils s'irritaient fréquemment contre elle, parce qu'ils estimaient qu'elle n'était bonne à rien. Maintenant, ils restaient souvent tous les deux, le père comme la mère, devant la chambre de Gregor, pendant que sa sœur y faisait le ménage et, à peine était-elle sortie qu'elle devait leur raconter exactement de quoi la chambre avait l'air, si Gregor avait mangé, comment il s'était comporté cette fois-là et si on constatait un léger mieux. Sa mère manifesta d'ailleurs relativement tôt le désir d'aller voir Gregor, mais le père et la sœur l'en dissuadèrent au début par des arguments de raison, que Gregor écoutait avec grande attention et qu'il approuvait pleinement. Plus tard cependant, il fallut la retenir de force et quand elle s'écriait : « Laissez-moi donc voir Gregor, mon pauvre fils, qui est si malheureux ! Vous ne comprenez donc pas qu'il faut que j'aille le voir ? », il pensait qu'il serait peut-être bon malgré tout que sa mère vienne chez lui, pas tous les jours naturellement, mais par exemple une fois par semaine ; elle s'y entendait malgré tout mieux que sa sœur, qui n'était finalement qu'une petite fille, en dépit de tout son courage et qui n'avait peut-être au fond assumé ce travail que par légèreté enfantine.

Der Wunsch Gregors, die Mutter zu sehen, ging bald in Erfüllung. Während des Tages wollte Gregor schon aus Rücksicht auf seine Eltern sich nicht beim Fenster zeigen, kriechen konnte er aber auf den paar Quadratmetern des Fußbodens auch nicht viel, das ruhige Liegen ertrug er schon während der Nacht schwer, das Essen machte ihm bald nicht mehr das geringste Vergnügen, und so nahm er zur Zerstreuung die Gewohnheit an, kreuz und quer über Wände und Plafond zu kriechen. Besonders oben auf der Decke hing er gern; es war ganz anders, als das Liegen auf dem Fußboden; man atmete freier; ein leichtes Schwingen ging durch den Körper; und in der fast glücklichen Zerstreutheit[1], in der sich Gregor dort oben befand, konnte es geschehen, daß er zu seiner eigenen Überraschung sich losließ und auf den Boden klatschte. Aber nun hatte er natürlich seinen Körper ganz anders in der Gewalt als früher und beschädigte sich selbst bei einem so großen Falle nicht. Die Schwester nun bemerkte sofort die neue Unterhaltung[2], die Gregor für sich gefunden hatte — er hinterließ ja auch beim Kriechen hie und da Spuren seines Klebstoffes —, und da setzte sie es sich in den Kopf, Gregor das Kriechen in größtem Ausmaße zu ermöglichen und die Möbel, die es verhinderten, also vor allem den Kasten und den Schreibtisch, wegzuschaffen.

1. ZERSTREUTHEIT signifie évidemment « distraction ». Mais le narrateur veut manifestement dire que Gregor, dans ces moments, parvient à oublier sa condition.
2. Il n'est plus possible de considérer Gregor comme un adulte ; il est redevenu un enfant, auquel il faut passer ses caprices.

Le désir qu'avait Gregor de voir sa mère fut bientôt satisfait. Pendant la journée, il ne voulait pas se montrer à la fenêtre, ne fût-ce que par égard pour ses parents ; ses quelques mètres carrés de plancher étaient peu de chose pour y ramper, la station allongée lui paraissait déjà pénible pour la nuit ; il n'éprouva bientôt plus le moindre plaisir à manger ; aussi avait-il pris l'habitude, pour se distraire, de se promener sur les murs et au plafond. C'est au plafond qu'il se tenait le plus volontiers ; c'était beaucoup mieux que d'être couché sur le plancher ; on y respirait plus librement, on se sentait dans tous ses membres agréablement balancé ; et, dans l'état d'heureux abandon où il se trouvait là-haut, il lui arrivait, à sa propre surprise, de se laisser tomber pour rebondir sur le plancher. Mais il commandait maintenant son corps naturellement beaucoup mieux qu'au début et ne se faisait pas de mal, même en tombant de si haut. Sa sœur remarqua tout de suite le nouveau passe-temps qu'il avait trouvé — il laissait d'ailleurs des traces de colle sur son passage — et elle se mit en tête de faciliter autant que possible ses mouvements en retirant les meubles qui pouvaient le gêner, c'est-à-dire surtout la commode et le bureau.

Nun war sie aber nicht imstande, dies allein zu tun; den Vater wagte sie nicht um Hilfe zu bitten; das Dienstmädchen hätte ihr ganz gewiß nicht geholfen, denn dieses etwa sechzehnjährige Mädchen harrte [1] zwar tapfer seit Entlassung der früheren Köchin aus, hatte aber um die Vergünstigung gebeten, die Küche unaufhörlich versperrt halten zu dürfen und nur auf besonderen Anruf öffnen zu müssen; so blieb der Schwester also nichts übrig, als einmal in Abwesenheit des Vaters die Mutter zu holen. Mit Ausrufen erregter Freude kam die Mutter auch heran, verstummte aber an der Tür vor Gregors Zimmer. Zuerst sah natürlich die Schwester nach, ob alles im Zimmer in Ordnung war; dann erst ließ sie die Mutter eintreten. Gregor hatte in größter Eile das Leintuch noch tiefer und mehr in Falten gezogen, das Ganze sah wirklich nur wie ein zufällig über das Kanapee geworfenes Leintuch aus. Gregor unterließ auch diesmal, unter dem Leintuch zu spionieren; er verzichtete darauf, die Mutter schon diesmal zu sehen, und war nur froh, daß sie nun doch gekommen war. « Komm nur, man sieht ihn nicht », sagte die Schwester, und offenbar führte sie die Mutter an der Hand. Gregor hörte nun, wie die zwei schwachen Frauen den immerhin schweren alten Kasten von seinem Platze rückten, und wie die Schwester immerfort den größten Teil der Arbeit für sich beanspruchte, ohne auf die Warnungen der Mutter zu hören, welche fürchtete, daß sie sich überanstrengen werde. Es dauerte sehr lange.

1. HARREN : Ici : tenir bon.

Mais elle n'était pas en mesure de le faire toute seule ; elle n'osait pas demander de l'aide à son père et on ne pouvait pas attendre de secours de la bonne, car cette enfant pouvait avoir seize ans ; elle tolérait vaillamment la situation depuis qu'on avait donné congé à l'ancienne cuisinière, mais elle avait demandé la faveur de rester barricadée dans la cuisine et de n'ouvrir que sur un ordre exprès ; il ne restait donc pas d'autre ressource à la sœur que de faire une fois appel à sa mère, en l'absence du père. La mère arriva donc dans une grande excitation et en poussant des exclamations de joie, qui cessèrent cependant quand elle fut arrivée devant la chambre de Gregor. La sœur vérifia naturellement tout d'abord si tout était en bon ordre avant de laisser entrer sa mère. Gregor s'était hâté de tirer son drap plus bas encore qu'à l'ordinaire et de le laisser retomber dans ses plis ; on eût dit vraiment qu'on l'avait jeté là par hasard sur le canapé. Gregor s'interdit d'espionner à travers le drap et renonça pour cette fois à apercevoir sa mère ; il était déjà suffisamment heureux qu'elle soit venue. « Tu peux entrer, on ne le voit pas », dit la jeune fille qui devait probablement tenir sa mère par la main. Gregor entendit les deux femmes qui essayaient avec leurs faibles forces de déplacer la vieille commode, assez lourde malgré tout ; c'était la sœur qui prenait sur elle le plus gros du travail, sans tenir compte des objurgations de sa mère, qui craignait qu'elle ne fît un effort. Cela prit beaucoup de temps.

Wohl nach schon viertelstündiger Arbeit sagte die Mutter, man solle den Kasten doch lieber hier lassen, denn erstens sei er zu schwer, sie würden vor Ankunft des Vaters nicht fertig werden und mit dem Kasten in der Mitte des Zimmers Gregor jeden Weg verrammeln, zweitens aber sei es doch gar nicht sicher, daß Gregor mit der Entfernung der Möbel ein Gefallen geschehe. Ihr scheine das Gegenteil der Fall zu sein; ihr bedrücke der Anblick der leeren Wand geradezu das Herz; und warum solle nicht auch Gregor diese Empfindung haben, da er doch an die Zimmermöbel längst gewöhnt sei und sich deshalb im leeren Zimmer verlassen fühlen werde. « Und ist es dann nicht so », schloß die Mutter ganz leise, wie sie überhaupt fast flüsterte, als wolle sie vermeiden, daß Gregor, dessen genauen Aufenthalt sie ja nicht kannte, auch nur den Klang der Stimme höre, denn daß er die Worte nicht verstand [1], davon war sie überzeugt, « und ist es nicht so, als ob wir durch die Entfernung der Möbel zeigten, daß wir jede Hoffnung auf Besserung aufgeben und ihn rücksichtslos sich selbst überlassen ? Ich glaube, es wäre das beste, wir suchen das Zimmer genau in dem Zustand zu erhalten, in dem es früher war, damit Gregor, wenn er wieder zu uns zurückkommt, alles unverändert findet und um so leichter die Zwischenzeit vergessen kann. »

1. Voir note 1, p. 88.

Après un bon quart d'heure de besogne, la mère déclara qu'il valait finalement mieux laisser la commode là où elle était ; d'abord, elle était trop lourde et elles n'en auraient jamais fini avant le retour du père et s'il fallait la laisser au milieu de la pièce, on ne ferait qu'empêcher tout à fait Gregor de bouger ; et d'autre part, il n'était pas sûr qu'en retirant les meubles on lui fît plaisir. Elle avait l'impression du contraire : quant à elle, l'aspect du mur nu lui serrait le cœur ; pourquoi Gregor n'aurait-il pas la même impression ? il était depuis longtemps habitué à ses meubles et pourrait donc se sentir perdu dans une chambre vide. « Et dans ce cas-là », dit-elle encore tout doucement — depuis le début, elle chuchotait presque, comme si elle voulait éviter que Gregor, dont elle ignorait le refuge, pût même entendre le son de sa voix ; car, quant au sens de ses propos, elle était sûre qu'il ne pouvait pas les comprendre — « et dans ce cas-là, est-ce que nous n'aurions pas l'air, en retirant les meubles, de renoncer à tout espoir de guérison et de l'abandonner sans réserve à son sort ? Je pense qu'il vaudrait mieux laisser la chambre exactement dans l'état où elle était auparavant, pour que Gregor trouve tout inchangé quand il nous reviendra et oublie ainsi plus facilement tout ce qui se sera passé entre-temps. »

Beim Anhören dieser Worte der Mutter erkannte Gregor, daß der Mangel jeder unmittelbaren menschlichen Ansprache, verbunden mit dem einförmigen Leben inmitten der Familie, im Laufe dieser zwei Monate[1] seinen Verstand hatte verwirren müssen, denn anders konnte er es sich nicht erklären, daß er ernsthaft danach hatte verlangen können, daß sein Zimmer ausgeleert würde. Hatte er wirklich Lust, das warme, mit ererbten[2] Möbeln gemütlich ausgestattete Zimmer in eine Höhle verwandeln zu lassen, in der er dann freilich nach allen Richtungen ungestört würde kriechen können, jedoch auch unter gleichzeitigem schnellen, gänzlichen Vergessen seiner menschlichen Vergangenheit? War er doch jetzt schon nahe daran, zu vergessen, und nur die seit langem nicht gehörte Stimme der Mutter hatte ihn aufgerüttelt[3]. Nichts sollte entfernt werden; alles mußte bleiben; die guten Einwirkungen der Möbel auf seinen Zustand konnte er nicht entbehren; und wenn die Möbel ihn hinderten, das sinnlose Herumkriechen zu betreiben, so war es kein Schaden, sondern ein großer Vorteil.

Aber die Schwester war leider anderer Meinung; sie hatte sich, allerdings nicht ganz unberechtigt, angewöhnt, bei Besprechung der Angelegenheiten Gregors als besonders Sachverständige gegenüber den Eltern aufzutreten,

---

1. Kafka mesure l'écoulement du temps dans son récit : un mois seulement avait passé.

2. ERERBT : Acquis par héritage.

3. La mère est la seule à garder dans ce récit des sentiments humains. Elle va jusqu'à comprendre Gregor mieux qu'il ne se

En entendant ces propos de sa mère, Gregor se dit que ces deux mois au cours desquels aucun être humain ne lui avait adressé la parole, en même temps que la vie monotone qu'il menait au sein de sa famille avaient dû lui troubler l'esprit ; sinon, il ne pouvait plus comprendre comment il avait pu sérieusement souhaiter qu'on vide sa chambre. Avait-il vraiment envie que cette pièce chaleureuse, confortablement remplie de vieux meubles de famille, soit changée en un repaire dans lequel il pourrait certes ramper librement dans tous les sens, mais au prix d'un oubli rapide et total de son ancienne condition d'homme ? Il était déjà tout près de l'oublier et il avait fallu la voix de sa mère, qu'il n'avait pas entendue depuis si longtemps, pour qu'il se ressaisisse. Il ne fallait rien enlever ; tout devait rester en place ; il ne pouvait se passer de la bonne influence de ses meubles ; et si ses meubles empêchaient ses absurdes reptations, ce n'était pas un mal, mais un grand avantage.

Mais la sœur fut malheureusement d'une autre opinion ; elle avait pris l'habitude, non sans raison, il est vrai, de se considérer, en face de ses parents, comme experte pour tout ce qui regardait les affaires de Gregor

comprend lui-même. Kafka n'a jamais évoqué qu'avec une extrême pudeur ses sentiments envers sa propre mère : *La Métamorphose* lui offre l'occasion de les exprimer indirectement.

AUFRÜTTELN : Littéralement « secouer ».

und so war auch jetzt der Rat der Mutter für die Schwester Grund genug, auf der Entfernung nicht nur des Kastens und des Schreibtisches, an die sie zuerst allein gedacht hatte, sondern auf der Entfernung sämtlicher Möbel, mit Ausnahme des unentbehrlichen Kanapees, zu bestehen. Es war natürlich nicht nur kindlicher Trotz und das in der letzten Zeit so unerwartet und schwer erworbene Selbstvertrauen, das sie zu dieser Forderung bestimmte; sie hatte doch auch tatsächlich beobachtet, daß Gregor viel Raum zum Kriechen brauchte, dagegen die Möbel, soweit man sehen konnte, nicht im geringsten benützte. Vielleicht aber spielte auch der schwärmerische Sinn der Mädchen ihres Alters mit, der bei jeder Gelegenheit seine Befriedigung sucht, und durch den Grete jetzt sich dazu verlocken ließ, die Lage Gregors noch schreckenerregen-der[1] machen zu wollen, um dann noch mehr als bis jetzt für ihn leisten zu können. Denn in einem Raum, in dem Gregor ganz allein die leeren Wände beherrschte, würde wohl kein Mensch außer Grete jemals einzutreten sich getrauen.

Und so ließ sie sich von ihrem Entschlusse durch die Mutter nicht abbringen, die auch in diesem Zimmer vor lauter Unruhe unsicher schien, bald verstummte und der Schwester nach Kräften, beim Hinausschaffen des Kastens half. Nun, den Kasten konnte Gregor im Notfall noch entbehren, aber schon der Schreibtisch mußte bleiben.

1. SCHRECKENERREGENDER : Littéralement : en accroissant encore la terreur que suscitait la situation de Gregor.

et il suffit, cette fois, que sa mère ait formulé cet avis, pour que Grete insistât non seulement sur l'éloignement de la commode et du bureau, comme ç'avait été au début son intention, mais sur celui de tous les meubles, à l'exception de l'indispensable canapé. Si elle formulait cette exigence, ce n'était naturellement pas seulement par bravade enfantine ni à cause de la confiance en elle-même qu'elle avait acquise ces derniers temps de manière si soudaine et au travers de telles difficultés ; elle avait aussi observé réellement que Gregor avait besoin de beaucoup d'espace pour sa reptation, mais que les meubles, autant qu'on en pouvait juger, ne lui servaient au contraire à rien. Mais il était possible que fût intervenu aussi l'esprit romanesque des jeunes filles de son âge, qui cherche toujours à se satisfaire de toutes les occasions ; peut-être s'était-elle laissé inciter à rendre pire encore la situation de Gregor, afin de pouvoir faire encore davantage pour lui. Car personne, en dehors de Grete, n'oserait probablement mettre les pieds dans une pièce où il régnerait tout seul au milieu de ses murs nus.

Elle ne se laissa donc pas détourner de sa résolution par sa mère, à qui l'inquiétude qu'elle éprouvait dans cette pièce ôtait tout esprit de décision et qui ne tarda pas à garder le silence et à l'aider, dans la mesure de ses forces, à déménager la commode. Bon, Gregor pouvait à la rigueur se passer de la commode, mais il fallait absolument laisser le bureau.

Und kaum hatten die Frauen mit dem Kasten, an den sie sich ächzend drückten, das Zimmer verlassen, als Gregor den Kopf unter dem Kanapee hervorstieß, um zu sehen, wie er vorsichtig und möglichst rücksichtsvoll eingreifen könnte. Aber zum Unglück war es gerade die Mutter, welche zuerst zurückkehrte, während Grete im Nebenzimmer den Kasten umfangen hielt und ihn allein hin und her schwang, ohne ihn natürlich von der Stelle zu bringen. Die Mutter aber war Gregors Anblick nicht gewöhnt, er hätte sie krank machen können, und so eilte Gregor erschrocken im Rückwärtslauf bis an das andere Ende des Kanapees, konnte es aber nicht mehr verhindern, daß das Leintuch vorne ein wenig sich bewegte. Das genügte, um die Mutter aufmerksam zu machen. Sie stockte, stand einen Augenblick still und ging dann zu Grete zurück.

Trotzdem sich Gregor immer wieder sagte, daß ja nichts Außergewöhnliches geschehe, sondern nur ein paar Möbel umgestellt würden, wirkte doch, wie er sich bald eingestehen mußte, dieses Hin- und Hergehen der Frauen, ihre kleinen Zurufe, das Kratzen der Möbel auf dem Boden, wie ein großer, von allen Seiten genährter Trubel[1] auf ihn, und er mußte sich, so fest er Kopf und Beine an sich zog und den Leib bis an den Boden drückte, unweigerlich sagen, daß er das Ganze nicht lange aushalten werde. Sie räumten ihm sein Zimmer aus; nahmen ihm alles, was ihm lieb war;

1. TRUBEL : Remue-ménage, agitation désordonnée.

118

Et les deux femmes avaient à peine quitté la pièce avec la commode, qu'elles tenaient serrée contre elles en gémissant sous l'effort, que Gregor passa la tête sous le canapé pour examiner comment il pourrait lui-même intervenir, en y mettant autant de ménagement et de prudence qu'il lui serait possible. Mais le malheur voulut que ce fût sa mère qui revînt la première, pendant que Grete, dans la pièce à côté, les bras passés autour de la commode, la secouait de droite et de gauche, sans parvenir naturellement à la déplacer. Mais la mère n'était pas habituée à la vue de Gregor ; elle aurait pu en tomber malade ; aussi Gregor se hât-t-il de partir épouvanté à reculons jusqu'à l'autre bout du canapé ; il ne put toutefois éviter que le drap ne fît un léger mouvement. Cela suffit pour attirer l'attention de sa mère ; elle s'arrêta court, resta sur place un moment, puis partit rejoindre Grete.

Bien que Gregor se soit dit constamment qu'il n'arrivait rien d'extraordinaire et qu'on déplaçait seulement quelques meubles, il dut bientôt convenir que ce va-et-vient des deux femmes, les phrases brèves qu'elles se criaient l'une à l'autre, le grincement des meubles sur le plancher, que tout cela lui faisait l'effet d'un remue-ménage, qui ne cessait d'augmenter de tous les côtés ; et il avait beau replier la tête et les pattes contre lui et presser son corps contre le sol, il fut contraint de se dire qu'il ne pourrait pas supporter cela longtemps. Elles lui vidaient sa chambre, on lui prenait tout ce à quoi il tenait ;

den Kasten, in dem die Laubsäge und andere Werk-
zeuge lagen[1], hatten sie schon hinausgetragen; locker-
ten jetzt den schon im Boden fest eingegrabenen
Schreibtisch, an dem er als Handelsakademiker, als
Bürgerschüler[2], ja sogar schon als Volksschüler seine
Aufgaben geschrieben hatte, — da hatte er wirklich
keine Zeit mehr, die guten Absichten zu prüfen,
welche die zwei Frauen hatten, deren Existenz er
übrigens fast vergessen hatte[3], denn vor Erschöpfung
arbeiteten sie schon stumm, und man hörte nur das
schwere Tappen ihrer Füße.

Und so brach er denn hervor — die Frauen stützten
sich gerade im Nebenzimmer an den Schreibtisch, um
ein wenig zu verschnaufen[4] —, wechselte viermal die
Richtung des Laufes, er wußte wirklich nicht, was er
zuerst retten sollte, da sah er an der im übrigen schon
leeren Wand auffallend das Bild der in lauter Pelzwerk
gekleideten Dame hängen, kroch eilends hinauf und
preßte sich an das Glas, das ihn festhielt und seinem
heißen Bauch wohltat[5]. Dieses Bild wenigstens, das
Gregor jetzt ganz verdeckte, würde nun gewiß niemand wegnehmen. Er verdrehte den Kopf[6] nach der
Tür des Wohnzimmers, um die Frauen bei ihrer
Rückkehr zu beobachten.

Sie hatten sich nicht viel Ruhe gegönnt und kamen
schon wieder; Grete hatte den Arm um die Mutter
gelegt und trug sie fast.

1. Voir note 1, p. 42.
2. BÜRGERSCHULE. Ici : l'école secondaire, le collège.
3. Passage de l'affection à l'hostilité : Gregor s'enfonce toujours
davantage dans son mal.

elles avaient déjà enlevé le meuble où il rangeait sa scie à découper et ses autres outils, voilà maintenant qu'elles dégageaient le bureau profondément enfoncé dans le plancher, sur lequel il avait écrit ses devoirs lorsqu'il était à l'école supérieure de commerce, au collège ou même déjà à l'école primaire ; non, ce n'était plus le moment de peser les bonnes intentions que les deux femmes pouvaient avoir ; il avait d'ailleurs presque oublié leur existence, car, dans leur extrême fatigue, elles avaient cessé de parler et l'on n'entendait plus que le lourd martèlement de leurs pas.

Il surgit alors de sa retraite, pendant qu'elles reprenaient leur souffle dans la pièce voisine, appuyées sur le bureau — il changea quatre fois la direction de sa course, sans parvenir à savoir ce qu'il devait sauver pour commencer ; c'est alors qu'il aperçut sur le mur l'image de la dame toute couverte de fourrure ; elle attira son attention, parce qu'elle restait seule sur le mur nu ; il grimpa en toute hâte sur la cloison, se pressa sur le verre, qui adhéra contre lui et dont la fraîcheur fit du bien à son ventre brûlant. Cette gravure, en tout cas, qu'il recouvrait maintenant de son corps, personne ne viendrait la lui prendre. Il fit un effort pour tourner la tête vers la porte du séjour, pour pouvoir observer les deux femmes lorsqu'elles reviendraient.

Elles ne s'étaient pas accordé beaucoup de répit et revenaient déjà ; Grete avait pris sa mère par la taille et la portait presque.

4. VERSCHNAUFEN : Voir note 3, p. 77.
5. Sur le sens de ce passage, voir l'introduction, p. 13-14.
6. Le verbe *verdrehen* implique la notion d'effort.

« Also was nehmen wir jetzt ? » sagte Grete und sah
sich um. Da kreuzten sich ihre Blicke mit denen
Gregors an der Wand. Wohl nur infolge der Gegenwart
der Mutter behielt sie ihre Fassung, beugte ihr Gesicht
zur Mutter, um diese vom Herumschauen abzuhalten,
und sagte, allerdings zitternd und unüberlegt :
« Komm, wollen wir nicht lieber auf einen Augenblick
noch ins Wohnzimmer zurückgehen ? » Die Absicht
Gretes war für Gregor klar, sie wollte die Mutter in
Sicherheit bringen und dann ihn von der Wand
hinunterjagen. Nun, sie konnte es ja immerhin versuchen ! Er saß auf seinem Bild und gab es nicht her.
Lieber würde er Grete ins Gesicht springen.

Aber Gretes Worte hatten die Mutter erst recht
beunruhigt, sie trat zur Seite, erblickte den riesigen
braunen Fleck auf der geblümten Tapete, rief, ehe ihr
eigentlich zum Bewußtsein kam, daß das Gregor war,
was sie sah, mit schreiender, rauher Stimme : « Ach
Gott, ach Gott ! » und fiel mit ausgebreiteten Armen,
als gebe sie alles auf, über das Kanapee hin und rührte
sich nicht. « Du, Gregor ! » rief die Schwester mit
erhobener Faust und eindringlichen Blicken. Es waren
seit der Verwandlung die ersten Worte, die sie unmittelbar an ihn gerichtet hatte. Sie lief ins Nebenzimmer,
um irgendeine Essenz zu holen, mit der sie die Mutter
aus ihrer Ohnmacht wecken könnte ; Gregor wollte
auch helfen — zur Rettung des Bildes war noch Zeit
— ; er klebte aber fest an dem Glas und mußte sich mit
Gewalt losreißen ;

« Qu'allons-nous emporter, cette fois-ci ? », demanda-t-elle en promenant ses regards autour d'elle. C'est alors que ses regards se croisèrent avec ceux de Gregor sur son mur. Elle parvint à garder contenance, sans doute à cause de la présence de sa mère, pencha son visage vers elle, pour l'empêcher de regarder autour d'elle et déclara, toute tremblante et sans prendre le temps de réfléchir : « Viens ! retournons donc un instant dans la pièce de séjour. » L'intention de Grete était claire et Gregor la comprit aussitôt : elle voulait d'abord mettre sa mère à l'abri, puis le déloger de son mur. Eh bien ! elle n'avait qu'à essayer ! Il était couché sur son image et il ne la lâchait pas. Plutôt sauter à la figure de Grete !

Mais les paroles de Grete n'avaient réussi qu'à inquiéter sa mère ; elle se détourna et aperçut l'énorme tache brune qui s'étalait sur le papier à fleurs et avant même d'avoir pu reconnaître que ce qu'elle voyait était bien Gregor, elle hurla d'une voix rauque : « Oh ! mon Dieu, mon Dieu ! », sur quoi elle tomba sur le canapé en écartant les bras, comme si elle renonçait à tout, et resta là immobile. « Oh ! Gregor ! », cria la sœur en levant le poing et en le perçant du regard. C'étaient les premières paroles qu'elle lui eût adressées directement depuis la métamorphose. Elle courut chercher des sels dans la pièce voisine pour tirer sa mère de son évanouissement. Gregor voulut aider, lui aussi — il serait toujours temps plus tard de sauver la gravure —, mais il restait collé au verre et dut faire un effort pour s'en arracher ;

er lief dann auch ins Nebenzimmer, als könne er der Schwester irgendeinen Rat geben, wie in früherer Zeit; mußte dann aber untätig hinter ihr stehen; während sie in verschiedenen Fläschchen kramte, erschreckte sie noch, als sie sich umdrehte; eine Flasche fiel auf den Boden und zerbrach; ein Splitter verletzte Gregor im Gesicht, irgendeine ätzende Medizin umfloß ihn; Grete nahm nun, ohne sich länger aufzuhalten, soviel Fläschchen, als sie nur halten konnte, und rannte mit ihnen zur Mutter hinein; die Tür schlug sie mit dem Fuße zu. Gregor war nun von der Mutter abgeschlossen, die durch seine Schuld vielleicht dem Tode nahe war [1]; die Tür durfte er nicht öffnen, wollte er die Schwester, die bei der Mutter bleiben mußte, nicht verjagen; er hatte jetzt nichts zu tun, als zu warten; und von Selbstvorwürfen [2] und Besorgnis bedrängt, begann er zu kriechen, überkroch alles, Wände, Möbel und Zimmerdecke und fiel endlich in seiner Verzweiflung, als sich das ganze Zimmer schon um ihn zu drehen anfing, mitten auf den großen Tisch.

Es verging eine kleine Weile, Gregor lag matt da, ringsherum war es still, vielleicht war das ein gutes Zeichen. Da läutete es. Das Mädchen war natürlich in ihrer Küche eingesperrt und Grete mußte daher öffnen gehen. Der Vater war gekommen. « Was ist geschehen ? » waren seine ersten Worte; Gretes Aussehen hatte ihm wohl alles verraten. Grete antwortete mit dumpfer Stimme, offenbar drückte sie ihr Gesicht an das Vaters Brust :

---

1. L'arrière-plan psychanalytique apparaît ici en pleine lumière.
2. SELBSTVORWÜRFE : Reproches envers lui-même, ici : remords.

puis il courut dans la pièce voisine, comme s'il avait pu donner un bon conseil à sa sœur, comme autrefois, mais il dut se contenter de rester derrière elle sans bouger ; en fouillant parmi divers flacons, elle se retourna et fut à nouveau saisie d'effroi ; un flacon tomba sur le sol et se brisa sur le plancher : un éclat blessa Gregor au visage, une médecine corrosive se répandit autour de lui ; Grete, sans s'attarder davantage, saisit autant de flacons qu'elle pouvait en porter et s'élança avec eux pour rejoindre sa mère ; d'un coup de pied elle ferma la porte. Gregor était maintenant séparé de sa mère qui, par sa faute, était peut-être près de la mort ; il ne pouvait ouvrir la porte sans chasser sa sœur, qui devait rester auprès de sa mère ; il n'avait désormais plus rien d'autre à faire qu'à attendre ; alors, assailli de remords et d'inquiétude, il se mit à ramper, à ramper sur tout, sur les murs, les meubles, le plafond pour tomber enfin dans son désespoir, lorsque toute la pièce se mit à tourner autour de lui, au milieu de la grande table.

Un instant passa. Gregor restait étendu là, épuisé ; à l'entour, tout était silencieux, peut-être était-ce bon signe. Mais soudain on sonna. La bonne était naturellement enfermée dans sa cuisine. Grete dut donc aller ouvrir elle-même. C'était son père. « Qu'est-il arrivé ? », furent ses premiers mots. Sans doute l'expression de Grete lui avait-elle tout révélé. Grete lui répondit d'une voix étouffée — elle devait appuyer sans doute son visage sur la poitrine de son père :

« Die Mutter war ohnmächtig, aber es geht ihr schon besser. Gregor ist ausgebrochen. » « Ich habe es ja erwartet », sagte der Vater, « ich habe es euch ja immer gesagt, aber ihr Frauen wollt nicht hören. » Gregor war es klar, daß der Vater Gretes allzu kurze Mitteilung schlecht gedeutet hatte und annahm, daß Gregor sich irgendeine Gewalttat habe zuschulden kommen lassen[1]. Deshalb mußte Gregor den Vater jetzt zu besänftigen suchen, denn ihn aufzuklären hatte er weder Zeit noch Möglichkeit. Und so flüchtete er sich zur Tür seines Zimmers und drückte sich an sie, damit der Vater beim Eintritt vom Vorzimmer her gleich sehen könne, daß Gregor die beste Absicht habe, sofort in sein Zimmer zurückzukehren, und daß es nicht nötig sei, ihn zurückzutreiben, sondern daß man nur die Tür zu öffnen brauche, und gleich werde er verschwinden.

Aber der Vater war nicht in der Stimmung, solche Feinheiten zu bemerken; « Ah! » rief er gleich beim Eintritt in einem Tone, als sei er gleichzeitig wütend und froh. Gregor zog den Kopf von der Tür zurück und hob ihn gegen den Vater. So hatte er sich den Vater wirklich nicht vorgestellt, wie er jetzt dastand; allerdings hatte er in der letzten Zeit über dem neuartigen Herumkriechen versäumt, sich so wie früher um die Vorgänge in der übrigen Wohnung zu kümmern, und hätte eigentlich darauf gefaßt sein müssen, veränderte Verhältnisse anzutreffen. Trotzdem, trotzdem, war das noch der Vater[2]?

1. SICH ETWAS ZUSCHULDEN KOMMEN LASSEN : Commettre (une faute).
2. Même transformation du père que dans *Le Verdict*. Voir déjà note 1, p. 72.

« Ma mère s'est évanouie, mais elle va déjà mieux. Gregor est sorti. » « Je m'y attendais », dit le père, « je vous l'ai toujours dit, mais vous autres femmes, vous ne voulez jamais rien entendre. » Il fut évident pour Gregor que son père s'était mépris sur les trop brèves paroles de Grete, et croyait qu'il s'était livré à quelque méfait. Gregor devait donc chercher à le calmer ; il n'avait, en effet, ni le temps ni la possibilité de le mettre au courant de ce qui s'était passé ; il se réfugia donc contre la porte de sa chambre et resta appuyé contre elle, afin que son père, en venant du vestibule, puisse voir immédiatement qu'il avait les meilleures intentions, qu'il allait retourner tout de suite dans sa chambre, qu'il n'était donc pas nécessaire de l'y contraindre : il suffisait d'ouvrir la porte, il disparaîtrait aussitôt.

Mais le père n'était pas d'humeur à entendre ces finesses. « Ah ! », s'écria-t-il dès qu'il fut entré, comme s'il était à la fois plein de fureur et de joie. Gregor écarta la tête de la porte et la leva vers son père. Il ne l'avait jamais vraiment imaginé tel qu'il était devenu ; il est vrai que, ces derniers temps, à force de ramper comme il en avait pris l'habitude, il avait négligé de se soucier des événements dans le reste de la maison et il devait s'attendre à trouver du changement. Il n'empêche, il n'empêche, était-ce bien encore son père ?

Der gleiche Mann, der müde im Bett vergraben lag, wenn früher Gregor zu einer Geschäftsreise ausgerückt war; der ihn an Abenden der Heimkehr im Schlafrock im Lehnstuhl empfangen hatte; gar nicht recht imstande war, aufzustehen, sondern zum Zeichen der Freude nur die Arme gehoben hatte, und der bei den seltenen gemeinsamen Spaziergängen an ein paar Sonntagen im Jahr und an den höchsten Feiertagen zwischen Gregor und der Mutter, die schon an und für sich langsam gingen, immer noch ein wenig langsamer, in seinen alten Mantel eingepackt, mit stets vorsichtig aufgesetztem Krückstock sich vorwärts arbeitete und, wenn er etwas sagen wollte, fast immer stillstand und seine Begleitung um sich versammelte? Nun aber war er recht gut aufgerichtet; in eine straffe blaue Uniform mit Goldknöpfen gekleidet, wie sie Diener der Bankinstitute tragen; über dem hohen steifen Kragen des Rockes entwickelte sich sein starkes Doppelkinn; unter den buschigen Augenbrauen drang der Blick der schwarzen Augen frisch und aufmerksam hervor; das sonst zerzauste weiße Haar war zu einer peinlich genauen, leuchtenden Scheitelfrisur niedergekämmt. Er warf seine Mütze, auf der ein Goldmonogramm, wahrscheinlich das einer Bank, angebracht war, über das ganze Zimmer im Bogen auf das Kanapee hin und ging, die Enden seines langen Uniformrockes zurückgeschlagen, die Hände in den Hosentaschen, mit verbissenem Gesicht auf Gregor zu.

Était-ce encore l'homme à bout de forces qui restait enfoui dans son lit quand Gregor partait autrefois en voyage professionnel, qui, le soir du retour, l'accueillait en robe de chambre, enfoncé dans son fauteuil, qui n'était même pas capable de se mettre debout et se contentait de lever le bras en signe de joie, et qui, lors des rares promenades familiales, quelques dimanches dans l'année et les jours de grande fête, traînait la jambe péniblement entre Gregor et sa mère, qui faisaient pourtant déjà leur possible pour marcher lentement ; cet homme empaqueté d'un vieux manteau, qui avançait péniblement, en prenant précautionneusement appui sur sa canne d'infirme et qui, lorsqu'il voulait dire quelque chose, s'arrêtait presque chaque fois en forçant ceux qui l'accompagnaient à former le cercle autour de lui ? Il se tenait tout droit aujourd'hui ; il était vêtu du strict uniforme bleu à boutons dorés que porte le personnel des institutions bancaires ; au-dessus du grand col raide de sa tunique se déployait son ample double menton ; sous ses sourcils en broussaille perçait le regard alerte et attentif de ses yeux noirs ; ses cheveux blancs, jadis en désordre, étaient maintenant lustrés et peignés avec soin, avec une raie méticuleusement dessinée. Il jeta sa casquette ornée d'un monogramme doré, sans doute celui d'une banque, à travers la pièce ; après avoir décrit un arc de cercle, elle alla atterrir sur le canapé ; après quoi, les mains dans les poches de son pantalon, les pans de son grand uniforme rejetés en arrière, il s'avança vers Gregor, le visage plein de fureur.

Er wußte wohl selbst nicht, was er vorhatte; immerhin hob er die Füße ungewöhnlich hoch, und Gregor staunte über die Riesengröße seiner Stiefelsohlen. Doch hielt er sich dabei nicht auf, er wußte ja noch vom ersten Tage seines neuen Lebens her, daß der Vater ihm gegenüber nur die größte Strenge für angebracht ansah. Und so lief er vor dem Vater her, stockte, wenn der Vater stehenblieb, und eilte schon wieder vorwärts, wenn sich der Vater nur rührte. So machten sie mehrmals die Runde um das Zimmer, ohne daß sich etwas Entscheidendes ereignete, ja ohne daß das Ganze infolge seines langsamen Tempos den Anschein einer Verfolgung gehabt hätte. Deshalb blieb auch Gregor vorläufig auf dem Fußboden, zumal er fürchtete, der Vater könnte eine Flucht auf die Wände oder den Plafond für besondere Bosheit halten. Allerdings mußte sich Gregor sagen, daß er sogar dieses Laufen nicht lange aushalten würde; denn während der Vater einen Schritt machte, mußte er eine Unzahl von Bewegungen ausführen. Atemnot begann sich schon bemerkbar zu machen, wie er ja auch in seiner früheren Zeit keine ganz vertrauenswürdige Lunge besessen hatte. Als er nun so dahintorkelte[1], um alle Kräfte für den Lauf zu sammeln, kaum die Augen offenhielt; in seiner Stumpfheit an eine andere Rettung als durch Laufen gar nicht dachte; und fast schon vergessen hatte, daß ihm die Wände freistanden, die hier allerdings mit sorgfältig, geschnitzten Möbeln voll Zacken und Spitzen verstellt waren[2] —

1. TORKELN : Tituber. Le mot dérive du substantif *Torkel*, qui désigne un pressoir à vin.

Il ne savait sans doute pas lui-même ce qu'il voulait faire ; toujours est-il qu'il levait les pieds très haut et Gregor s'étonna de la taille gigantesque des semelles de ses bottes. Il ne s'arrêta pourtant pas à ce détail, il savait depuis le premier jour de sa vie nouvelle que son père considérait qu'envers lui seule la plus grande sévérité était de mise. Il se mit donc à courir devant son père, à s'arrêter quand son père restait en place, à repartir dès qu'il faisait un mouvement. Ils firent ainsi plusieurs fois le tour de la chambre sans qu'il se passât rien de décisif ; comme tout se déroulait lentement, personne n'aurait même pu imaginer qu'il s'agissait d'une poursuite. Gregor resta donc provisoirement sur le plancher, d'autant qu'il pouvait craindre que, s'il avait pris la fuite par les murs ou par le plafond, son père eût pu voir là un raffinement de méchanceté. Il dut cependant s'avouer bientôt qu'il ne tiendrait pas longtemps à cette allure, car, pendant que son père faisait un pas, il était obligé d'exécuter toute une série de mouvements. Il commençait déjà à éprouver quelque difficulté à respirer ; ses poumons d'ailleurs, même dans les temps anciens, n'avaient jamais été particulièrement dignes de confiance. Tandis qu'il titubait de la sorte, rassemblant toutes ses forces pour la course, ouvrant à peine les yeux, ne pensant plus, dans l'espèce de torpeur où il était, qu'il y avait pour lui d'autres moyens de salut que la course, oubliant presque que les murs étaient là à sa disposition, des murs à vrai dire encombrés de meubles finement sculptés, pleins de dentelures et de pointes —

2. Les dentelures et les pointes, qu'il avait voulu conserver dans sa chambre et qui symbolisent son monde intérieur, livrent Gregor à la vindicte paternelle.

da flog knapp neben ihm, leicht geschleudert, irgend etwas nieder und rollte vor ihm her. Es war ein Apfel : gleich flog ihm ein zweiter nach ; Gregor blieb vor Schrecken stehen ; ein Weiterlaufen war nutzlos, denn der Vater hatte sich entschlossen, ihn zu bombardieren. Aus der Obstschale auf der Kredenz hatte er sich die Taschen gefüllt und warf nun, ohne vorläufig scharf zu zielen, Apfel für Apfel. Diese kleinen roten Apfel rollten wie elektrisiert auf dem Boden herum und stießen aneinander. Ein schwach geworfener Apfel streifte Gregors Rücken, glitt aber unschädlich ab. Ein ihm sofort nachfliegender drang dagegen förmlich in Gregors Rücken ein ; Gregor wollte sich weiterschleppen, als könne der überraschende unglaubliche Schmerz mit dem Ortswechsel vergehen ; doch fühlte er sich wie festgenagelt und streckte sich in vollständiger Verwirrung aller Sinne. Nur mit dem letzten Blick sah er noch, wie die Tür seines Zimmers aufgerissen wurde, und vor der schreienden Schwester die Mutter hervoreilte, im Hemd, denn die Schwester hatte sie entkleidet, um ihr in der Ohnmacht Atemfreiheit zu verschaffen, wie dann die Mutter auf den Vater zulief und ihr auf dem Weg die aufgebundenen Röcke einer nach dem anderen zu Boden glitten, und wie sie stolpernd über die Röcke auf den Vater eindrang und ihn umarmend, in gänzlicher Vereinigung mit ihm — nun versagte aber Gregors Sehkraft schon [1] — die Hände an des Vaters Hinterkopf um Schonung von Gregors Leben bat.

1. Répétition (voir note 1, p. 58) de la « scène primitive »). Une référence consciente aux images freudiennes est ici plus que probable.

quelque chose vola près de lui, un objet qu'on venait de lancer avec légèreté et qui se mit à rouler à ses pieds. C'était une pomme; une deuxième la suivit aussitôt; Gregor resta sur place, terrorisé; il était inutile de continuer à courir, car son père avait résolu de le bombarder. Il avait vidé la coupe de fruits sur la crédence et s'en était rempli les poches et il tirait pomme après pomme sans se soucier pour l'instant de bien viser. Ces petites pommes rouges roulaient sur le sol comme si elles étaient électrisées et allaient se cogner les unes contre les autres. Une pomme mollement lancée effleura le dos de Gregor, et glissa sans provoquer de dommages; mais la suivante vint littéralement s'encastrer dans son dos; Gregor voulut se traîner un peu plus loin, comme si l'épouvantable souffrance qui venait de le surprendre pouvait s'atténuer par un changement de lieu; mais il se sentit cloué sur place et vint s'étaler sur le plancher dans un complet désarroi de tous ses sens. Son dernier regard lui permit encore de voir qu'on ouvrait brusquement la porte de sa chambre et, devant sa sœur en train de pousser des cris, il aperçut sa mère qui arrivait — en chemise, car la jeune fille l'avait déshabillée pour faciliter sa respiration pendant sa syncope —; il la vit ensuite courir vers le père, il la vit perdre en chemin tous ses jupons l'un après l'autre, trébucher sur ses vêtements, se jeter sur le père, le saisir dans ses bras et enfin, ne faisant plus qu'un avec lui — mais en cet instant, les yeux de Gregor cessèrent de voir clair — elle joignit les mains derrière la tête du père, pour le conjurer d'épargner la vie de son fils.

III

Die schwere Verwundung Gregors, an der er über
einen Monat[1] litt — der Apfel blieb, da ihn niemand
zu entfernen wagte, als sichtbares Andenken im Flei-
sche sitzen —, schien selbst den Vater daran erinnert
zu haben, daß Gregor trotz seiner gegenwärtigen
traurigen und ekelhaften Gestalt ein Familienmitglied
war, das man nicht wie einen Feind behandeln durfte,
sondern demgegenüber es das Gebot der Familien-
pflicht war, den Widerwillen hinunterzuschlucken
und zu dulden, nichts als zu dulden.

Und wenn nun auch Gregor durch seine Wunde an
Beweglichkeit wahrscheinlich für immer verloren hatte
und vorläufig zur Durchquerung seines Zimmers wie
ein alter Invalide lange, lange Minuten brauchte — an
das Kriechen in der Höhe war nicht zu denken —, so
bekam er für diese Verschlimmerung seines Zustandes
einen seiner Meinung nach vollständig genügenden
Ersatz dadurch, daß immer gegen Abend die Wohnzimmertür, die er schon ein bis zwei Stunden vorher
scharf zu beobachten pflegte, geöffnet wurde, so daß
er, im Dunkel seines Zimmers liegend, vom Wohnzimmer aus unsichtbar, die ganze Familie beim
beleuchteten Tische sehen und ihre Reden, gewissermaßen mit allgemeiner Erlaubnis, also ganz anders als
früher, anhören durfte.

1. Trois mois se sont donc écoulés alors depuis la nuit de la
métamorphose.

III

La grave blessure de Gregor, dont il souffrit pendant plus d'un mois — la pomme, que personne n'avait osé retirer, restait fichée dans sa chair, comme un souvenir visible —, semblait avoir rappelé à son père lui-même que Gregor, malgré son triste et répugnant aspect, n'en demeurait pas moins un membre de la famille, qu'on ne pouvait pas traiter en ennemi ; le devoir familial exigeait de ravaler sa répulsion et de le supporter ; il suffisait qu'on le supporte.

Et si Gregor avait perdu à cause de sa blessure et probablement pour toujours une grande partie de son agilité — il lui fallait provisoirement, comme à un vieil invalide, de longues, longues minutes pour traverser sa chambre et quant à monter sur le mur, on n'y pouvait même plus songer — cette aggravation de son état avait entraîné une compensation, selon lui tout à fait suffisante, dans le fait qu'on ouvrait maintenant vers le soir la porte de la salle de séjour, qu'il guettait déjà des yeux depuis une ou deux heures. Couché dans l'ombre de sa chambre, invisible de l'autre côté, il pouvait voir maintenant la famille entière assise à table autour de la lampe ; il pouvait entendre leurs conversations beaucoup mieux qu'autrefois, en quelque sorte avec l'autorisation de tous.

Freilich waren es nicht mehr die lebhaften Unterhaltungen der früheren Zeiten, an die Gregor in den kleinen Hotelzimmern stets mit einigem Verlangen gedacht hatte, wenn er sich müde in das feuchte Bettzeug hatte werfen müssen. Es ging jetzt meist nur sehr still zu. Der Vater schlief bald nach dem Nachtessen in seinem Sessel ein; die Mutter und Schwester ermahnten einander zur Stille; die Mutter nähte, weit unter das Licht vorgebeugt, feine Wäsche für ein Modengeschäft [1]; die Schwester, die eine Stellung als Verkäuferin angenommen hatte, lernte am Abend Stenographie und Französisch, um vielleicht später einmal einen besseren Posten zu erreichen. Manchmal wachte der Vater auf, und als wisse er gar nicht, daß er geschlafen habe, sagte er zur Mutter : « Wie lange du heute schon wieder nähst ! » und schlief sofort wieder ein, während Mutter und Schwester einander müde zulächelten.

Mit einer Art Eigensinn weigerte sich der Vater, auch zu Hause seine Dieneruniform abzulegen; und während der Schlafrock nutzlos am Kleiderhaken hing, schlummerte der Vater vollständig angezogen auf seinem Platz, als sei er immer zu seinem Dienste bereit und warte auch hier auf die Stimme des Vorgesetzten. Infolgedessen verlor die gleich anfangs nicht neue Uniform trotz aller Sorgfalt von Mutter und Schwester an Reinlichkeit, und Gregor sah oft ganze Abende lang auf dieses über und über fleckige, mit seinen stets geputzten Goldknöpfen leuchtende Kleid, in dem der alte Mann höchst unbequem und doch ruhig schlief.

1. On écrit plutôt *Modegeschäft*.

Ce n'étaient certes plus les entretiens animés de l'ancien temps auxquels Gregor pensait avec quelque envie, lorsque fatigué de sa journée, il lui fallait entrer dans les draps humides de ses petites chambres d'hôtel. Tout se passait maintenant très silencieusement. Après le dîner, le père ne tardait pas à s'endormir sur sa chaise ; la mère et la fille s'exhortaient mutuellement au silence ; la mère, courbée sous la lampe, cousait de la lingerie fine pour un magasin de dames ; la sœur, engagée comme vendeuse, apprenait le soir la sténographie et le français, dans l'espoir d'obtenir peut-être un jour une situation meilleure. Quelquefois, le père se réveillait et, sans se rendre compte qu'il avait fait un somme, il disait à la mère : « Combien de temps as-tu encore passé à ta couture ! » sur quoi il se rendormait, tandis que la mère et la sœur échangeaient un pâle sourire.

Avec une sorte d'entêtement, le père refusait de quitter son uniforme, même quand il était chez lui, et tandis que la robe de chambre restait inutilement pendue au portemanteau, il sommeillait tout habillé à sa place, comme s'il était à tout instant prêt à servir et à prêter l'oreille à la voix de son supérieur. L'uniforme, qui n'était déjà pas tout neuf lorsqu'il l'avait reçu, n'était donc pas de la première propreté, malgré le soin qu'en prenaient la mère et la sœur, et pendant des soirées entières, Gregor restait assis à regarder le vêtement couvert de taches, avec ses boutons dorés toujours bien astiqués, dans lequel le vieillard dormait très inconfortablement et pourtant d'un sommeil paisible.

Sobald die Uhr zehn schlug, suchte die Mutter durch leise Zusprache den Vater zu wecken und dann zu überreden, ins Bett zu gehen, denn hier war es doch kein richtiger Schlaf, und diesen hatte der Vater, der um sechs Uhr seinen Dienst antreten mußte, äußerst nötig. Aber in dem Eigensinn, der ihn, seitdem er Diener war, ergriffen hatte, bestand er immer darauf, noch länger bei Tisch zu bleiben, trotzdem er regelmäßig einschlief, und war dann überdies nur mit der größten Mühe zu bewegen, den Sessel mit dem Bett zu vertauschen. Da mochten Mutter und Schwester mit kleinen Ermahnungen noch so sehr auf ihn eindringen, viertelstundenlang schüttelte er langsam den Kopf, hielt die Augen geschlossen und stand nicht auf. Die Mutter zupfte ihn am Ärmel, sagte ihm Schmeichelworte ins Ohr, die Schwester verließ ihre Aufgabe, um der Mutter zu helfen, aber beim Vater verfing[1] das nicht. Er versank nur noch tiefer in seinen Sessel. Erst als ihn die Frauen unter den Achseln faßten, schlug er die Augen auf, sah abwechselnd die Mutter und die Schwester an und pflegte zu sagen : « Das ist ein Leben. Das ist die Ruhe meiner alten Tage. » Und auf die beiden Frauen gestützt, erhob er sich, umständlich, als sei er für sich selbst die größte Last, ließ sich von den Frauen bis zur Türe führen, winkte ihnen dort ab und ging nun selbständig weiter, während die Mutter ihr Nähzeug, die Schwester ihre Feder eiligst hinwarfen, um hinter dem Vater zu laufen und ihm weiter behilflich zu sein.

---

1. VERFANGEN (employé négativement) : Ne pas produire l'effet attendu.

Dès que l'horloge sonnait dix heures, la mère cherchait à réveiller son mari en lui adressant doucement la parole et essayait de l'inciter à gagner son lit, car ce n'était pas ici le vrai sommeil, dont le père, qui reprenait son service à six heures, avait un tel besoin. Mais, avec l'entêtement dont il faisait preuve depuis qu'il avait pris du service à la banque, il insistait pour rester encore à table, tout en continuant à s'y endormir régulièrement, et il était ensuite très difficile de l'amener à échanger sa chaise contre son lit. La mère et la sœur avaient beau multiplier leurs petites exhortations pour le décider, il restait encore des quarts d'heure entiers à hocher la tête, gardait les yeux fermés et refusait de se lever. La mère le tirait par la manche, lui disait à l'oreille des choses gentilles, la sœur quittait son travail pour prêter main-forte à sa mère : tout cela restait sans effet sur le père, il ne faisait que s'enfoncer encore plus profondément dans son fauteuil. C'est seulement quand les femmes le prenaient sous les épaules qu'il ouvrait les yeux, regardait alternativement sa femme et sa fille tout en disant d'ordinaire : « On appelle cela une vie ! et c'est là tout le repos de mes vieux jours ? » Et, appuyé sur les deux femmes, il se levait avec peine, comme s'il était pour lui-même le fardeau le plus encombrant, se laissait conduire jusqu'à la porte par les deux femmes ; arrivé là, il leur faisait signe de s'éloigner et continuait seul son chemin, tandis que la mère rangeait en hâte sa couture, la fille son porte-plume, pour courir derrière le père et continuer à l'aider.

Wer hatte in dieser abgearbeiteten und übermüdeten Familie Zeit, sich um Gregor mehr zu kümmern, als unbedingt nötig war? Der Haushalt wurde immer mehr eingeschränkt; das Dienstmädchen wurde nun doch entlassen; eine riesige knochige Bedienerin mit weißem, den Kopf umflatterndem Haar kam des Morgens und des Abends, um die schwerste Arbeit zu leisten; alles andere besorgte die Mutter neben ihrer vielen Näharbeit. Es geschah sogar, daß verschiedene Familienschmuckstücke, welche früher die Mutter und die Schwester überglücklich bei Unterhaltungen und Feierlichkeiten getragen hatten, verkauft wurden, wie Gregor am Abend aus der allgemeinen Besprechung der erzielten Preise erfuhr. Die größte Klage war aber stets, daß man diese für die gegenwärtigen Verhältnisse allzu große Wohnung nicht verlassen konnte, da es nicht auszudenken war, wie man Gregor übersiedeln sollte. Aber Gregor sah wohl ein, daß es nicht nur die Rücksicht auf ihn war, welche eine Übersiedlung verhinderte, denn ihn hätte man doch in einer passenden Kiste mit ein paar Luftlöchern leicht transportieren können[1]; was die Familie hauptsächlich vom Wohnungswechsel abhielt, war vielmehr die völlige Hoffnungslosigkeit und der Gedanke daran, daß sie mit einem Unglück geschlagen war, wie niemand sonst im ganzen Verwandten- und Bekanntenkreis.

---

1. L'image de la caisse percée de trous est reprise dans *Communication à une académie* (*Œuvres complètes*, Bibliothèque de la Pléiade, II, p. 512).

Qui donc, dans cette famille usée de travail et recrue de fatigue, avait encore le temps de s'occuper de Gregor plus qu'il n'était absolument nécessaire ? On réduisit plus encore le budget du ménage ; on se décida à renvoyer la bonne ; une énorme femme de peine au visage osseux, la tête environnée de cheveux blancs, venait le matin et le soir pour les gros travaux ; c'est la mère qui, en plus de toute sa couture, s'occupait de tout le reste. Il arriva même qu'on vendît différents bijoux de famille, qui avaient fait autrefois le bonheur de la mère et de la fille, lorsqu'elles les avaient portés lors de leurs sorties et des festivités, ainsi que Gregor l'apprit le soir en entendant la famille commenter les prix qu'on avait obtenus. Mais le plus gros sujet de plainte était toujours qu'il était impossible de quitter l'appartement, devenu trop grand dans la situation actuelle, parce qu'on ne pouvait pas envisager le transport de Gregor. A vrai dire, Gregor comprenait bien que ce n'était pas sa présence qui constituait le principal obstacle à un déménagement, car on aurait pu facilement le transporter dans une caisse appropriée, avec des trous pour lui permettre de respirer ; ce qui empêchait surtout la famille de changer de domicile, était bien plutôt le sentiment de désespoir et l'idée qu'ils avaient été frappés par un malheur sans exemple dans leur parenté et dans leur milieu.

Was die Welt von armen Leuten verlangt, erfüllten sie bis zum äußersten, der Vater holte den kleinen Bankbeamten das Frühstück, die Mutter opferte sich für die Wäsche fremder Leute, die Schwester lief nach dem Befehl der Kunden hinter dem Pulte hin und her, aber weiter reichten die Kräfte der Familie schon nicht. Und die Wunde im Rücken fing Gregor wie neu zu schmerzen an, wenn Mutter und Schwester, nachdem sie den Vater zu Bett gebracht hatten, nun zurückkehrten, die Arbeit liegenließen, nahe zusammenrückten[1], schon Wange an Wange saßen; wenn jetzt die Mutter, auf Gregors Zimmer zeigend, sagte : « Mach' dort die Tür zu, Grete », und wenn nun Gregor wieder im Dunkel war, während nebenan die Frauen ihre Tränen vermischten oder gartränenlos den Tisch anstarrten.

Die Nächte und Tage verbrachte Gregor fast ganz ohne Schlaf. Manchmal dachte er daran, beim nächsten Öffnen der Tür die Angelegenheiten der Familie ganz so wie früher wieder in die Hand zu nehmen; in seinen Gedanken erschienen wieder nach langer Zeit der Chef und der Prokurist, die Kommis und die Lehrjungen, der so begriffsstützige Hausknecht, zwei, drei Freunde aus anderen Geschäften, ein Stubenmädchen aus einem Hotel in der Provinz, eine liebe, flüchtige Erinnerung, eine Kassiererin aus einem Hutgeschäft, um die er sich ernsthaft, aber zu langsam beworben hatte — sie alle erschienen untermischt mit Fremden oder schon Vergessenen, aber statt ihm und seiner Familie zu helfen, waren sie sämtlich unzugänglich, und er war froh, wenn sie verschwanden.

1. Le caractère également métaphorique de la blessure réapparaît : la souffrance revient dès que le père est parti ou lorsque Gregor se retrouve isolé.

Toutes les obligations que le monde impose aux pauvres gens, ils les accomplissaient à fond : le père allait chercher le déjeuner des petits employés de la banque, la mère se tuait à coudre du linge pour des étrangers, la sœur courait derrière son comptoir pour répondre aux ordres des clients, mais leurs forces ne pouvaient pas aller au-delà. Et Gregor recommençait à souffrir de sa blessure dans le dos, quand sa mère et sa sœur, après avoir amené son père jusqu'à son lit, revenaient dans la salle, laissaient là leur ouvrage, rapprochaient leurs chaises, restaient joue contre joue, puis quand la mère, en désignant la porte de Gregor, disait à Grete : « Allons ! C'est le moment de fermer ! » et qu'il se trouvait à nouveau dans le noir, tandis que, dans la pièce à côté, les femmes mêlaient leurs larmes ou gardaient les yeux fixés sur la table, sans même verser un pleur.

Gregor passait les jours et les nuits presque entièrement sans sommeil. Il lui arrivait de penser que, la prochaine fois que la porte s'ouvrirait, il recommencerait, tout comme autrefois, à reprendre en main les affaires de la famille ; un jour, après que bien du temps eut passé, il revit en pensée le patron et le fondé de pouvoir, les commis et les apprentis, le garçon de bureau, qui avait l'intelligence si courte, deux ou trois amis employés dans d'autres magasins, une femme de chambre dans un hôtel de province — un souvenir fugitif, qui lui était resté cher —, la caissière d'une chapellerie, à laquelle il avait fait sérieusement, mais trop lentement, la cour — tous lui revinrent à l'esprit, mêlés à des étrangers ou à des gens qu'il avait perdus de vue ; mais au lieu de venir en aide à sa famille ou à lui-même, ils se détournaient tous de lui et il se félicitait de les voir disparaître de sa pensée.

Dann aber war er wieder gar nicht in der Laune, sich um seine Familie zu sorgen, bloß Wut über die schlechte Wartung[1] erfüllte ihn, und trotzdem er sich nichts vorstellen konnte, worauf er Appetit gehabt hätte, machte er doch Pläne, wie er in die Speisekammer gelangen könnte, um dort zu nehmen, was ihm, auch wenn er keinen Hunger hatte, immerhin gebührte. Ohne jetzt mehr nachzudenken, womit man Gregor einen besonderen Gefallen machen könnte, schob die Schwester eiligst, ehe sie morgens und mittags ins Geschäft lief, mit dem Fuß irgendeine beliebige Speise in Gregors Zimmer hinein, um sie am Abend, gleichgültig dagegen, ob die Speise vielleicht nur verkostet oder — der häufigste Fall — gänzlich unberührt war, mit einem Schwenken des Besens hinauszukehren. Das Aufräumen des Zimmers, das sie nun immer abends besorgte, konnte gar nicht mehr schneller getan sein. Schmutzstreifen zogen sich die Wände entlang, hie und da lagen Knäuel von Staub und Unrat. In der ersten Zeit stellte sich Gregor bei der Ankunft der Schwester in derartige besonders bezeichnende Winkel, um ihr durch diese Stellung gewissermaßen einen Vorwurf zu machen. Aber er hätte wohl wochenlang dort bleiben können, ohne daß sich die Schwester gebessert hätte; sie sah ja den Schmutz genau so wie er, aber sie hatte sich eben entschlossen, ihn zu lassen. Dabei wachte sie mit einer an ihr ganz neuen Empfindlichkeit, die überhaupt die ganze Familie ergriffen hatte, darüber, daß das Aufräumen von Gregors Zimmer ihr vorbehalten blieb.

1. WARTUNG : Les soins dont on est l'objet.

Une autre fois, il n'était plus du tout d'humeur à s'occuper de sa famille ; il n'y avait plus en lui que de la fureur à cause du manque de soins dans lequel on le laissait, et, bien qu'il ne pût rien imaginer qui fût capable d'exciter sa faim, il forgeait des plans pour faire irruption à l'office afin d'y prendre tout ce qui, malgré son manque d'appétit, lui revenait de droit. Le matin et à midi, avant de partir pour son travail et sans même se demander ce qui pourrait faire un quelconque plaisir à Gregor, sa sœur poussait du pied dans sa chambre la première nourriture venue, et la poussait le soir d'un coup de balai, sans se soucier de savoir s'il y avait goûté ou s'il l'avait laissée sans y toucher, ce qui était le cas le plus fréquent. Quant au nettoyage de la chambre, auquel maintenant elle procédait toujours le soir, il eût été difficile d'y passer moins de temps. Des traces de saleté sillonnaient les murs, des petits tas de poussière et d'ordure traînaient ici ou là. Les premiers temps, Gregor s'installait dans les coins les plus caractéristiques de ce point de vue, au moment de l'arrivée de sa sœur, pour lui exprimer de la sorte une manière de reproche. Mais il aurait pu y rester des semaines entières sans que sa sœur eût amélioré sa façon de faire ; elle voyait la saleté aussi bien que lui, mais elle était bien décidée à ne pas y toucher. Et cependant elle veillait avec une susceptibilité toute particulière, qui s'était emparée d'ailleurs de toute la famille, à ce que lui fût réservé l'entretien de la chambre.

Einmal hatte die Mutter Gregors Zimmer einer großen Reinigung unterzogen, die ihr nur nach Verbrauch einiger Kübel Wasser gelungen war — die viele Feuchtigkeit kränkte allerdings Gregor auch und er lag breit, verbittert und unbeweglich auf dem Kanapee —, aber die Strafe blieb für die Mutter nicht aus. Denn kaum hatte am Abend die Schwester die Veränderung in Gregors Zimmer bemerkt, als sie, aufs höchste beleidigt, ins Wohnzimmer lief und, trotz der beschwörend erhobenen Hände der Mutter, in einen Weinkrampf ausbrach, dem die Eltern — der Vater war natürlich aus seinem Sessel aufgeschreckt worden — zuerst erstaunt und hilflos zusahen; bis auch sie sich zu rühren anfingen; der Vater rechts der Mutter Vorwürfe machte, daß sie Gregors Zimmer nicht der Schwester zur Reinigung überließ; links dagegen die Schwester anschrie, sie werde niemals mehr Gregors Zimmer reinigen dürfen; während die Mutter den Vater, der sich vor Erregung nicht mehr kannte, ins Schlafzimmer zu schleppen suchte; die Schwester, von Schluchzen[1] geschüttelt, mit ihren kleinen Fäusten den Tisch bearbeitete; und Gregor laut vor Wut darüber zischte, daß es keinem einfiel, die Tür zu schließen und ihm diesen Anblick und Lärm zu ersparen.

Aber selbst wenn die Schwester, erschöpft von ihrer Berufsarbeit, dessen überdrüssig geworden war, für Gregor, wie früher, zu sorgen, so hätte noch keineswegs die Mutter für sie eintreten müssen und Gregor hätte doch nicht vernachlässigt werden brauchen.

---

1. SCHLUCHZEN : Infinitif substantivé, employé ici sans article.

Un jour, la mère avait soumis la chambre de Gregor à un grand nettoyage, qui avait nécessité plusieurs seaux d'eau — toute cette humidité avait d'ailleurs été pour Gregor une cause de souffrance et il était resté couché de tout son long sur le canapé, immobile et plein d'aigreur — mais le châtiment pour la mère ne s'était pas fait attendre. A peine la sœur eut-elle remarqué le changement dans la chambre de Gregor que, se sentant profondément offensée, elle courut dans la salle de séjour et, en dépit des adjurations de la mère, qui levait les deux mains vers le ciel, elle fut saisie d'une crise de larmes, à laquelle les parents — car le père, effrayé, s'était naturellement levé, lui aussi, de sa chaise — assistèrent d'abord avec un étonnement impuissant ; puis l'agitation les gagna à leur tour ; le père, à droite, faisait des reproches à la mère, parce qu'elle n'avait pas laissé à sa fille le soin du nettoyage ; à gauche, il interdisait à Grete de toucher désormais à la chambre de Gregor ; il ne se connaissait plus à force d'énervement et la mère cherchait à l'entraîner dans la chambre à coucher ; Grete, secouée de sanglots, tapait sur la table avec ses petits poings ; et Gregor sifflait de rage, parce que personne ne songeait à fermer la porte et à lui épargner ce spectacle et ce vacarme.

Mais même si la sœur, épuisée par son travail professionnel, s'était lassée de s'occuper de Gregor comme elle le faisait auparavant, la mère n'aurait pas eu besoin de le faire à sa place, sans que Gregor fût pour autant négligé.

Denn nun war die Bedienerin da. Diese alte Witwe, die in ihrem langen Leben mit Hilfe ihres starken Knochenbaues das Ärgste überstanden haben mochte, hatte keinen eigentlichen Abscheu vor Gregor. Ohne irgendwie neugierig zu sein, hatte sie zufällig einmal die Tür von Gregors Zimmer aufgemacht und war im Anblick Gregors, der, gänzlich überrascht, trotzdem ihn niemand jagte, hin und her zu laufen begann, die Hände im Schoß gefaltet staunend stehengeblieben. Seitdem versäumte sie nicht, stets flüchtig morgens und abends die Tür ein wenig zu öffnen und zu Gregor hineinzuschauen. Anfangs rief sie ihn auch zu sich herbei, mit Worten, die sie wahrscheinlich für freundlich hielt, wie « Komm mal herüber, alter Mistkäfer ! » oder « Seht mal den alten Mistkäfer[1] ! » Auf solche Ansprachen antwortete Gregor mit nichts, sondern blieb unbeweglich auf seinem Platz, als sei die Tür gar nicht geöffnet worden. Hätte man doch dieser Bedienerin, statt sie nach ihrer Laune ihn nutzlos stören zu lassen, lieber den Befehl gegeben, sein Zimmer täglich zu reinigen ! Einmal am frühen Morgen — ein heftiger Regen, vielleicht schon ein Zeichen des kommenden Frühjahrs[2], schlug an die Scheiben — war Gregor, als die Bedienerin mit ihren Redensarten wieder begann, derartig erbittert, daß er, wie zum Angriff, allerdings langsam und hinfällig[3], sich gegen sie wendete.

---

1. Cette dénomination précise l'apparence de l'insecte : c'est un gros coléoptère (*Käfer*), un bousier (*Mistkäfer*).
2. Une autre indication qui situe le récit dans le temps : l'action

Car il y avait maintenant la femme de peine. Cette vieille veuve avait sûrement dû, charpentée comme elle était, supporter les pires épreuves au cours de sa longue vie et elle n'éprouvait pas de véritable répugnance devant Gregor. Bien qu'elle ne fût pas curieuse, elle avait une fois ouvert par hasard la porte de la chambre, et, à la vue de Gregor, qui, tout à fait étonné, s'était mis à courir, bien que personne ne l'eût chassé, elle était demeurée stupéfaite, les deux mains jointes dans son giron. Depuis, elle ne négligeait jamais, soir et matin, d'entrouvrir la porte et de jeter un coup d'œil sur Gregor. Au début, elle l'appelait en se servant de mots qu'elle devait probablement considérer comme amicaux, tels que : « Arrive ici, vieux bousier ! » ou « Regardez-moi ce vieux bousier ! » Gregor ne répondait pas à ces interpellations, il restait immobile à sa place, comme si on n'avait pas ouvert la porte. Si seulement on avait donné l'ordre à cette domestique de nettoyer sa chambre tous les jours, au lieu de la laisser le tourmenter inutilement ! Un jour, de grand matin — une violente pluie, peut-être annonciatrice de la venue du printemps, frappait contre les vitres —, Gregor fut à tel point irrité contre la domestique, qui s'apprêtait à lui tenir ses propos ordinaires, qu'il se tourna vers elle, d'un mouvement à vrai dire lent et gauche, mais comme pour l'attaquer.

a dû commencer en automne. Il sera question plus loin de la fête de Noël qui a eu lieu depuis le jour de la métamorphose.
  3. HINFÄLLIG : Littéralement : débile.

Die Bedienerin aber, statt sich zu fürchten, hob bloß einen in der Nähe der Tür befindlichen Stuhl hoch empor, und wie sie mit groß geöffnetem Munde dastand, war ihre Absicht klar, den Mund erst zu schließen, wenn der Sessel in ihrer Hand auf Gregors Rücken niederschlagen würde. « Also weiter geht es nicht ? » fragte sie, als Gregor sich wieder umdrehte, und stellte den Sessel ruhig in die Ecke zurück.

Gregor aß nun fast gar nichts mehr. Nur wenn er zufällig an der vorbereiteten Speise vorüberkam, nahm er zum Spiel einen Bissen in den Mund, hielt ihn dort stundenlang und spie ihn dann meist wieder aus. Zuerst dachte er, es sei die Trauer über den Zustand seines Zimmers, die ihn vom Essen abhalte, aber gerade mit den Veränderungen des Zimmers söhnte er sich sehr bald aus. Man hatte sich angewöhnt, Dinge, die man anderswo nicht unterbringen konnte, in dieses Zimmer hineinzustellen, und solcher Dinge gab es nun viele, da man ein Zimmer der Wohnung an drei Zimmerherren vermietet hatte. Diese ernsten Herren — alle drei hatten Vollbärte, wie Gregor einmal durch eine Türspalte feststellte — waren peinlich auf Ordnung, nicht nur in ihrem Zimmer, sondern, da sie sich nun einmal hier eingemietet hatten, in der ganzen Wirtschaft, also insbesondere in der Küche, bedacht[1]. Unnützen oder gar schmutzigen Kram ertrugen sie nicht. Überdies hatten sie zum größten Teil ihre eigenen Einrichtungsstücke mitgebracht. Aus diesem Grunde waren viele Dinge überflüssig geworden, die zwar nicht verkäuflich waren, die man aber auch nicht wegwerfen wollte.

1. AUF ETWAS BEDACHT SEIN : Être préoccupé de quelque chose.

Mais la domestique, au lieu d'avoir peur, souleva seulement une chaise qui se trouvait à proximité de la porte et, à la voir là, debout, la bouche grande ouverte, on comprenait que son intention était de ne refermer la bouche que quand le siège se serait abattu sur le dos de Gregor. « Eh bien ! c'est tout ? », demanda-t-elle, en voyant Gregor faire demi-tour, puis elle remit tranquillement la chaise dans son coin.

Gregor ne mangeait presque plus. Quand il passait par hasard à côté de la nourriture qu'on lui avait préparée, il en prenait seulement un morceau dans la bouche, par manière de jeu, l'y gardait plusieurs heures pour le recracher ensuite. Il pensa d'abord que c'était la tristesse qu'il éprouvait à cause de l'état de sa chambre qui l'empêchait de manger ; mais c'était précisément avec ces transformations qu'il s'était aisément réconcilié. On s'était habitué à empiler dans cette chambre tous les objets qu'on ne pouvait pas mettre ailleurs et il y en avait un grand nombre, car on avait loué une pièce de l'appartement à trois messieurs. Ces messieurs d'allure grave — tous trois portaient la barbe, comme Gregor le constata un jour à travers la fente de la porte — exigeaient un ordre méticuleux, non seulement dans leur chambre, mais, puisqu'ils avaient loué à cet endroit, dans tout le ménage et en premier lieu à la cuisine. Ils ne toléraient aucun fouillis inutile ni surtout rien de sale. Ils avaient d'ailleurs apporté eux-mêmes la plus grande partie de leur équipement. Beaucoup d'objets étaient de la sorte devenus inutiles, des objets qui n'étaient pas vendables, mais que malgré tout on ne voulait pas jeter.

Alle diese wanderten in Gregors Zimmer. Ebenso auch die Aschenkiste und die Abfallkiste aus der Küche. Was nur im Augenblick unbrauchbar war, schleuderte die Bedienerin, die es immer sehr eilig hatte, einfach in Gregors Zimmer; Gregor sah glücklicherweise meist nur den betreffenden Gegenstand und die Hand, die ihn hielt. Die Bedienerin hatte vielleicht die Absicht, bei Zeit und Gelegenheit die Dinge wieder zu holen oder alle insgesamt mit einem Mal hinauszuwerfen, tatsächlich aber blieben sie dort liegen, wohin sie durch den ersten Wurf gekommen waren, wenn nicht Gregor sich durch das Rumpelzeug[1] wand und es in Bewegung brachte, zuerst gezwungen, weil kein sonstiger Platz zum Kriechen frei war, später aber mit wachsendem Vergnügen, obwohl er nach solchen Wanderungen, zum Sterben müde und traurig, wieder stundenlang sich nicht rührte.

Da die Zimmerherren manchmal auch ihr Abendessen zu Hause im gemeinsamen Wohnzimmer einnahmen, blieb die Wohnzimmertür an manchen Abenden geschlossen, aber Gregor verzichtete ganz leicht auf das Öffnen der Tür, hatte er doch schon manche Abende, an denen sie geöffnet war, nicht ausgenützt, sondern war, ohne daß es die Familie merkte, im dunkelsten Winkel seines Zimmers gelegen. Einmal aber hatte die Bedienerin die Tür zum Wohnzimmer ein wenig offen gelassen; und sie blieb so offen, auch als die Zimmerherren am Abend eintraten und Licht gemacht wurde.

1. RUMPELZEUG ou GERÜMPEL : Objets inutiles, fatras, bazar.

Tous prirent le chemin de la chambre de Gregor. Suivis bientôt par la poubelle où l'on jetait les cendres et par la boîte à ordures de la cuisine. Tout ce qui paraissait à première vue inutile, la femme de peine, toujours pressée, l'enfournait simplement dans la chambre de Gregor; celui-ci n'apercevait heureusement d'ordinaire que l'objet en question et la main qui le tenait. La femme de peine avait peut-être l'intention, quand elle en trouverait le temps ou qu'elle en aurait l'occasion, de venir rechercher ces choses ou de les jeter toutes à la fois; mais en fait elles étaient restées à l'endroit même où on les avait reléguées le premier jour, à moins que Gregor ne fût venu rôder dans ce bazar et ne l'eût déplacé, ce qu'il fit d'abord contraint et forcé parce qu'il ne lui restait plus aucune place pour bouger, mais ensuite avec un plaisir croissant, encore qu'après ces randonnées, il restât immobile pendant des heures, triste et las à périr.

Comme les locataires prenaient quelquefois également leur repas du soir à la maison dans la salle de séjour, la porte de celle-ci restait parfois fermée, mais Gregor renonçait volontiers à l'ouverture de la porte; il lui était arrivé, certains soirs où elle était ouverte, de ne pas en avoir tiré parti et de s'être réfugié dans le coin le plus sombre de sa chambre, sans que sa famille s'en fût aperçue. Mais un soir, la femme de peine avait laissé la porte du séjour entrouverte, même quand les trois locataires rentrèrent et qu'on alluma la lumière.

Sie setzten sich oben an den Tisch, wo in früheren Zeiten der Vater, die Mutter und Gregor gegessen hatten, entfalteten die Servietten und nahmen Messer und Gabel in die Hand. Sofort erschien in der Tür die Mutter mit einer Schüssel Fleisch und knapp hinter ihr die Schwester mit einer Schüssel hochgeschichteter[1] Kartoffeln. Das Essen dampfte mit starkem Rauch. Die Zimmerherren beugten sich über die vor sie hingestellten Schüsseln, als wollten sie sie vor dem Essen prüfen, und tatsächlich zerschnitt der, welcher in der Mitte saß und den anderen zwei als Autorität zu gelten schien, ein Stück Fleisch noch auf der Schüssel, offenbar um festzustellen, ob es mürbe[2] genug sei und ob es nicht etwa in die Küche zurückgeschickt werden solle. Er war befriedigt, und Mutter und Schwester, die gespannt zugesehen hatten, begannen aufatmend zu lächeln.

Die Familie selbst aß in der Küche. Trotzdem kam der Vater, ehe er in die Küche ging, in dieses Zimmer herein und machte mit einer einzigen Verbeugung, die Kappe in der Hand, einen Rundgang um den Tisch. Die Zimmerherren erhoben sich sämtlich und murmelten etwas in ihre Bärte. Als sie dann allein waren, aßen sie fast unter vollkommenem Stillschweigen. Sonderbar schien es Gregor, daß man aus allen mannigfachen Geräuschen des Essens immer wieder ihre kauenden Zähne heraushörte, als ob damit Gregor gezeigt werden sollte, daß man Zähne brauche, um zu essen, und daß man auch mit den schönsten zahnlosen Kiefern nichts ausrichten könne.

1. HOCHGESCHICHTET : Disposés sur plusieurs couches (*die Schicht :* la couche).
2. MÜRB ou MÜRBE : Facile à mâcher.

Ils allèrent s'asseoir au haut bout de la table, là où jadis le père, la mère et Gregor prenaient leurs repas, ils déplièrent leurs serviettes, prirent en main leur fourchette et leur couteau. La mère apparut aussitôt dans l'ouverture de la porte, portant un plat de viande et immédiatement derrière elle sa fille, avec un échafaudage de pommes de terre sur un autre plat. Des deux mets s'élevait une épaisse fumée. Les locataires se penchèrent sur ces plats qu'on venait de poser devant eux, comme pour les examiner, et en effet, celui qui était assis au milieu et auquel les deux autres semblaient concéder de l'autorité, découpa un morceau de viande dans le plat, manifestement pour vérifier si elle était cuite à point ou s'il fallait par hasard la renvoyer à la cuisine. Il parut satisfait et la mère et la fille, qui l'avaient regardé faire avec inquiétude, purent à nouveau respirer et sourire.

La famille elle-même mangeait à la cuisine. Le père cependant, avant de s'y rendre, entra dans la salle de séjour et, après s'être une fois incliné, fit le tour de la table, sa calotte à la main. Les locataires se soulevèrent tous les trois de leur siège en marmonnant quelque chose dans leur barbe. Lorsqu'ils se trouvèrent seuls à nouveau, ils se mirent à manger sans presque s'adresser la parole. Il parut curieux à Gregor de discerner parmi les divers bruits du repas celui que leurs dents ne cessaient de faire en mâchant, comme s'il s'agissait de lui démontrer qu'il faut des dents pour manger et que la plus belle mâchoire, quand elle est édentée, n'arrive à rien.

« Ich habe ja Appetit », sagte sich Gregor sorgenvoll,
« aber nicht auf diese Dinge[1]. Wie sich diese Zimmerherren nähren, und ich komme um ! »

Gerade an diesem Abend — Gregor erinnerte sich
nicht, während der ganzen Zeit die Violine gehört zu
haben — ertönte sie von der Küche her. Die Zimmerherren hatten schon ihr Nachtmahl beendet, der
mittlere hatte eine Zeitung hervorgezogen, den zwei
anderen je ein Blatt gegeben, und nun lasen sie
zurückgelehnt und rauchten. Als die Violine zu spielen
begann, wurden sie aufmerksam, erhoben sich und
gingen auf den Fußspitzen zur Vorzimmertür, in der
sie aneinandergedrängt stehenblieben. Man mußte sie
von der Küche aus gehört haben, denn der Vater rief :
« Ist den Herren das Spiel vielleicht unangenehm ? Es
kann sofort eingestellt werden. » « Im Gegenteil »,
sagte der mittlere der Herren, « möchte das Fräulein
nicht zu uns hereinkommen und hier im Zimmer
spielen, wo es doch viel bequemer und gemütlicher
ist ? » « O bitte », rief der Vater, als sei er der
Violinspieler. Die Herren traten ins Zimmer zurück
und warteten. Bald kam der Vater mit dem Notenpult,
die Mutter mit den Noten und die Schwester mit der
Violine. Die Schwester bereitete alles ruhig zum Spiele
vor ; die Eltern, die niemals früher Zimmer vermietet
hatten und deshalb die Höflichkeit gegen die Zimmerherren übertrieben, wagten gar nicht, sich auf ihre
eigenen Sessel zu setzen ;

1. Ici apparaît le thème de la « nourriture inconnue », que
Kafka développera plus tard plus amplement dans *Un artiste de la
faim* (voir *Œuvres complètes*, Bibliothèque de la Pléiade, II, p. 607) et
dans *Les Recherches d'un chien* (*ibid.*, p. 674-713). Dans *La Métamor-*

« J'ai de l'appétit », se disait Gregor pensivement, « mais pas pour ces choses-là. Comme ces trois locataires savent se nourrir, alors que je suis en train de périr ! »

Ce soir-là, précisément — Gregor ne se rappelait pas, les jours précédents, avoir jamais entendu le son du violon —, ce soir-là, on entendit un air de violon qui venait de la cuisine. Les locataires avaient terminé leur dîner, celui du milieu avait tiré un journal, en avait donné une feuille à chacun des deux autres et maintenant, renversés sur le dossier de leur chaise, ils lisaient en fumant. Lorsqu'on commença à jouer du violon, ils tendirent l'oreille, se levèrent et allèrent sur la pointe des pieds jusqu'à la porte du vestibule, où ils restèrent debout, pressés les uns contre les autres. On avait dû les entendre de la cuisine, car le père s'écria : « Le violon gêne-t-il ces messieurs ? On peut l'arrêter tout de suite. » « Au contraire », dit le monsieur du milieu, « la demoiselle ne voudrait-elle pas entrer et jouer ici dans la pièce ? c'est bien plus commode et plus agréable. » « Oh ! je vous en prie », répondit le père, comme s'il était lui-même le violoniste. Les messieurs rentrèrent dans la pièce et attendirent. Bientôt arriva le père avec le pupitre, suivi de la mère avec la partition et de la sœur avec son violon. La sœur prépara tranquillement tout ce qu'il fallait pour se mettre à jouer ; les parents, qui n'avaient jamais loué de chambre auparavant et qui, à cause de cela, exagéraient la politesse envers leurs locataires, n'osaient pas s'asseoir sur leurs chaises ;

phose, il est suggéré surtout dans l'épisode suivant, celui du morceau de musique que joue Grete sur son violon. Gregor souhaite accéder à cette nourriture spirituelle ; mais sa misère est telle que même cette évasion lui est interdite.

157

der Vater lehnte an der Tür, die rechte Hand zwischen zwei Knöpfe des geschlossenen Livreerockes gesteckt; die Mutter aber erhielt von einem Herrn einen Sessel angeboten und saß, da sie den Sessel dort ließ, wohin ihn der Herr zufällig gestellt hatte, abseits in einem Winkel.

Die Schwester begann zu spielen; Vater und Mutter verfolgten, jeder von seiner Seite, aufmerksam die Bewegungen ihrer Hände. Gregor hatte, von dem Spiele angezogen, sich ein wenig weiter vorgewagt und war schon mit dem Kopf im Wohnzimmer. Er wunderte sich kaum darüber, daß er in letzter Zeit so wenig Rücksicht auf die andern nahm; früher war diese Rücksichtnahme sein Stolz gewesen. Und dabei hätte er gerade jetzt mehr Grund gehabt, sich zu verstecken, denn infolge des Staubes, der in seinem Zimmer überall lag und bei der kleinsten Bewegung umherflog, war auch er ganz staubbedeckt; Fäden, Haare, Speiseüberreste schleppte er auf seinem Rükken und an den Seiten mit sich herum; seine Gleichgültigkeit gegen alles war viel zu groß, als daß er sich, wie früher mehrmals während des Tages, auf den Rücken gelegt und am Teppich gescheuert hätte. Und trotz dieses Zustandes hatte er keine Scheu, ein Stück auf dem makellosen Fußboden[1] des Wohnzimmers vorzurücken.

1. Le plancher est immaculé; Gregor, non seulement dans son apparence physique, mais intérieurement aussi, est immonde. Il s'est identifié maintenant à son mal, qu'il a le sentiment de véhiculer avec lui. Si la métamorphose le rejetait d'abord en dehors de la société, il apparaît maintenant qu'elle lui a fait perdre l'innocence.

le père restait appuyé à la porte, la main droite entre deux boutons de sa livrée soigneusement fermée; mais un des messieurs proposa une chaise à la mère qui, laissant le siège là où le monsieur l'avait posé par hasard, s'assit à l'écart dans un coin.

Grete se mit à jouer; le père et la mère suivaient attentivement, chacun de leur côté, le mouvement de ses mains. Gregor, attiré par la musique, s'était un peu risqué en avant et il passait déjà la tête dans la salle. Il s'étonnait à peine d'avoir presque entièrement cessé, ces derniers temps, de tenir compte des gens; jadis, il y mettait son point d'honneur. Et pourtant, il n'aurait jamais eu plus de raisons de se cacher, car, à cause de la saleté qui recouvrait toute sa chambre et qui s'envolait à la moindre occasion, il était lui-même couvert de poussière; des fils, des cheveux, des restes de nourriture traînaient sur son dos et sur ses flancs; son indifférence envers tout était bien trop grande pour qu'il songeât encore, comme il le faisait auparavant plusieurs fois par jour, à se coucher sur le dos pour se brosser sur le tapis. Et, malgré l'état où il se trouvait, il n'éprouva aucune vergogne à avancer d'un pas sur le plancher immaculé de la salle de séjour.

Allerdings achtete auch niemand auf ihn. Die Familie war gänzlich vom Violinspiel in Anspruch genommen; die Zimmerherren dagegen, die zunächst, die Hände in den Hosentaschen, viel zu nahe hinter dem Notenpult der Schwester sich aufgestellt hatten, so daß sie alle in die Noten hätten sehen können, was sicher die Schwester stören mußte, zogen sich bald unter halblauten Gesprächen mit gesenkten Köpfen zum Fenster zurück, wo sie, vom Vater besorgt beobachtet, auch blieben. Es hatte nun wirklich den überdeutlichen Anschein, als wären sie in ihrer Annahme, ein schönes oder unterhaltendes Violinspiel zu hören, enttäuscht, hätten die ganze Vorführung satt und ließen sich nur aus Höflichkeit noch in ihrer Ruhe stören. Besonders die Art, wie sie alle aus Nase und Mund den Rauch ihrer Zigarren in die Höhe bliesen, ließ auf große Nervosität schließen. Und doch spielte die Schwester so schön. Ihr Gesicht war zur Seite geneigt, prüfend und traurig folgten ihre Blicke den Notenzeilen. Gregor kroch noch ein Stück vorwärts und hielt den Kopf eng an den Boden, um möglicherweise ihren Blicken begegnen zu können. War er ein Tier, da ihn Musik so ergriff? Ihm war, als zeige sich ihm der Weg zu der ersehnten unbekannten Nahrung. Er war entschlossen, bis zur Schwester vorzudringen, sie am Rock zu zupfen und ihr dadurch anzudeuten, sie möge doch mit ihrer Violine in sein Zimmer kommen, denn niemand lohnte [1] hier das Spiel so, wie er es lohnen wollte.

1. LOHNEN : Littéralement : récompenser. Ici plutôt : profiter.

Il faut dire que personne ne prenait garde à lui. La famille était entièrement prise par le jeu du violon ; les locataires, en revanche, qui, les mains dans les poches de leur pantalon, s'étaient tenus tout d'abord si près du pupitre qu'ils auraient pu lire la partition, ce qui devait certainement gêner Grete, avaient fini, en baissant la tête et en se parlant à mi-voix, par se retirer du côté de la fenêtre, où sous les regards inquiets du père, ils avaient décidé de rester. On comprenait maintenant avec plus d'évidence qu'il n'était nécessaire qu'après avoir espéré entendre un beau morceau de violon ou du moins quelque chose de récréatif, ils avaient été déçus dans leur attente, qu'ils étaient lassés de ce concert et qu'ils n'acceptaient plus que par politesse d'être ainsi dérangés dans leur repos. A la façon déjà dont tous trois chassaient en l'air la fumée de leurs cigares par le nez et par la bouche, on devinait leur grande nervosité. Et Grete pourtant jouait si bien. Elle avait le visage penché de côté et, de ses yeux attentifs et tristes, elle suivait les notes sur les portées. Gregor fit un pas de plus en rampant, la tête collée au sol, pour essayer de rencontrer son regard. N'était-il qu'une bête, si la musique l'émouvait pareillement ? Il avait l'impression que s'ouvrait devant lui le chemin de la nourriture inconnue à laquelle il aspirait si ardemment. Il était décidé à se frayer un passage jusqu'à sa sœur, à la tirer par sa jupe pour lui faire comprendre qu'elle devait venir dans sa chambre avec son violon, car personne ne saurait profiter de sa musique autant qu'il s'apprêtait à le faire.

Er wollte sie nicht mehr aus seinem Zimmer lassen, wenigstens nicht, solange er lebte[1] ; seine Schreckgestalt sollte ihm zum erstenmal nützlich werden ; an allen Türen seines Zimmers wollte er gleichzeitig sein und den Angreifern entgegenfauchen[2] ; die Schwester aber sollte nicht gezwungen, sondern freiwillig bei ihm bleiben ; sie sollte neben ihm auf dem Kanapee sitzen, das Ohr zu ihm herunterneigen, und er wollte ihr dann anvertrauen, daß er die feste Absicht gehabt habe, sie auf das Konservatorium zu schicken, und daß er dies, wenn nicht das Unglück dazwischen gekommen wäre, vergangene Weihnachten — Weihnachten war doch wohl schon vorüber ? — allen gesagt hätte, ohne sich um irgendwelche Widerreden zu kümmern. Nach dieser Erklärung würde die Schwester in Tränen der Rührung ausbrechen, und Gregor würde sich bis zu ihrer Achsel erheben und ihren Hals küssen, den sie, seitdem sie ins Geschäft ging, frei ohne Band oder Kragen trug[3].

« Herr Samsa ! » rief der mittlere Herr dem Vater zu und zeigte, ohne ein weiteres Wort zu verlieren, mit dem Zeigefinger auf den langsam sich vorwärtsbewegenden Gregor. Die Violine verstummte, der mittlere Zimmerherr lächelte erst einmal kopfschüttelnd seinen Freunden zu und sah dann wieder auf Gregor hin. Der Vater schien es für nötiger zu halten, statt Gregor zu vertreiben, vorerst die Zimmerherren zu beruhigen, trotzdem diese gar nicht aufgeregt waren und Gregor sie mehr als das Violinspiel zu unterhalten schien.

1. L'expression souligne, comme les lignes suivantes, le caractère fantasmatique de la scène.
2. FAUCHEN : Littéralement : feuler (le bruit que fait un félin quand il s'apprête à attaquer).

Il ne la laisserait plus quitter sa chambre, aussi longtemps du moins qu'il resterait en vie ; pour la première fois, son aspect terrifiant le servirait ; il serait à toutes les portes à la fois, il cracherait son venin sur les agresseurs ; il n'exercerait d'ailleurs aucune contrainte sur sa sœur, elle resterait de son plein gré ; elle s'assiérait à côté de lui sur le canapé, pencherait l'oreille vers lui ; il lui confierait alors qu'il avait la ferme intention de l'envoyer au Conservatoire et que, si le malheur n'était pas arrivé, il avait eu le projet de l'annoncer à tout le monde à la Noël dernière (la Noël était bien passée ?), sans s'inquiéter des objections. Émue par cette déclaration, elle fondrait en larmes et Gregor se redresserait jusqu'à la hauteur de son épaule et l'embrasserait dans le cou que, depuis qu'elle travaillait au magasin, elle gardait nu, sans col ni ruban.

« Monsieur Samsa ! », cria au père le monsieur du milieu ; sans dire un seul mot, il désignait de l'index Gregor, qui s'avançait lentement. Le violon se tut, le monsieur du milieu se tourna d'abord vers ses amis en souriant et en hochant la tête, puis il porta à nouveau ses regards du côté de Gregor. Le père trouva plus important, au lieu de chasser Gregor, d'apaiser d'abord ses locataires, bien que ceux-ci ne semblassent nullement nerveux et que Gregor parût les amuser plus que le violon.

3. Le 15 septembre 1912, lors des fiançailles de sa sœur Valli, Kafka note dans son *Journal* : « Amour entre frère et sœur — répétition de l'amour entre le père et la mère. » (*Œuvres complètes,* Bibliothèque de la Pléiade, III, p. 291.)

Er eilte zu ihnen und suchte sie mit ausgebreiteten Armen in ihr Zimmer zu drängen und gleichzeitig mit seinem Körper ihnen den Ausblick auf Gregor zu nehmen. Sie wurden nun tatsächlich ein wenig böse, man wußte nicht mehr, ob über das Benehmen des Vaters oder über die ihnen jetzt aufgehende [1] Erkenntnis, ohne es zu wissen, einen solchen Zimmernachbar wie Gregor besessen zu haben. Sie verlangten vom Vater Erklärungen, hoben ihrerseits die Arme, zupften unruhig an ihren Bärten und wichen nur langsam gegen ihr Zimmer zurück. Inzwischen hatte die Schwester die Verlorenheit [2], in die sie nach dem plötzlich abgebrochenen Spiel verfallen war, überwunden, hatte sich, nachdem sie eine Zeitlang in den lässig hängenden Händen Violine und Bogen gehalten und weiter, als spiele sie noch, in die Noten gesehen hatte, mit einem Male aufgerafft, hatte das Instrument auf den Schoß der Mutter gelegt, die in Atembeschwerden mit heftig arbeitenden Lungen noch auf ihrem Sessel saß, und war in das Nebenzimmer gelaufen, dem sich die Zimmerherren unter dem Drängen des Vaters schon schneller näherten. Man sah, wie unter den geübten Händen der Schwester die Decken und Polster in den Betten in die Höhe flogen und sich ordneten. Noch ehe die Herren das Zimmer erreicht hatten, war sie mit dem Aufbetten fertig und schlüpfte heraus. Der Vater schien wieder von seinem Eigensinn derartig ergriffen, daß er jeden Respekt vergaß, den er seinen Mietern immerhin schuldete.

---

1. AUFGEHEN : Ici : s'ouvrir, se démasquer.
2. VERLORENHEIT : Le fait de perdre ses esprits.

Il bondit vers eux et chercha, les bras écartés, à les refouler dans leur chambre, tout en masquant avec son corps la vue de Gregor. Ils commencèrent alors à se fâcher un peu, sans qu'on pût savoir si c'était à cause de l'attitude du père ou parce qu'ils venaient soudain de comprendre qu'ils avaient eu, sans le savoir, un voisin de chambre tel que Gregor. Ils demandèrent des explications au père, en levant les bras et en tirant nerveusement sur leur barbe et en ne reculant vers leur chambre que pas à pas. Entre-temps, la sœur était sortie de la torpeur dans laquelle elle était tombée quand son jeu avait été si soudainement interrompu ; après avoir un moment laissé mollement tomber ses bras, qui tenaient encore violon et archet, et continué à regarder sa partition, comme si elle jouait encore, elle s'était tout à coup ressaisie, avait déposé son instrument sur les genoux de sa mère — qui était restée assise sur sa chaise, aux prises avec un étouffement et qu'on entendait respirer péniblement — et elle s'était précipitée vers la chambre voisine, dont les locataires, poussés par le père, se rapprochaient maintenant un peu plus vite. On vit, sous les mains expertes de la sœur, oreillers et couvertures voler en l'air et retomber en bon ordre sur les lits. Les trois messieurs n'avaient pas encore atteint leur chambre, qu'elle avait déjà terminé de faire les lits et s'était glissée au-dehors. Quant au père, il avait été repris à ce point par son entêtement qu'il finissait par oublier le respect qu'en tout état de cause il devait à ses locataires.

Er drängte nur und drängte, bis schon in der Tür des Zimmers der mittlere der Herren donnernd mit dem Fuß aufstampfte und dadurch den Vater zum Stehen brachte. « Ich erkläre hiermit », sagte er, hob die Hand und suchte mit den Blicken auch die Mutter und die Schwester, « daß ich mit Rücksicht auf die in dieser Wohnung und Familie herrschenden widerlichen Verhältnisse » — hiebei spie er kurz entschlossen auf den Boden — « mein Zimmer augenblicklich kündige. Ich werde natürlich auch für die Tage, die ich hier gewohnt habe, nicht das geringste bezahlen, dagegen werde ich es mir noch überlegen, ob ich nicht mit irgendwelchen — glauben Sie mir — sehr leicht zu begründenden Forderungen gegen Sie auftreten werde. » Er schwieg und sah gerade vor sich hin, als erwarte er etwas. Tatsächlich fielen sofort seine zwei Freunde mit den Worten ein : « Auch wir kündigen augenblicklich. » Darauf faßte er die Türklinke und schloß mit einem Krach die Tür.

Der Vater wankte mit tastenden Händen zu seinem Sessel und ließ sich in ihn fallen ; es sah aus, als strecke er sich zu seinem gewöhnlichen Abendschläfchen, aber das starke Nicken seines wie haltlosen Kopfes zeigte, daß er ganz und gar nicht schlief. Gregor war die ganze Zeit still auf dem Platz gelegen, auf dem ihn die Zimmerherren ertappt hatten. Die Enttäuschung über das Mißlingen seines Planes, vielleicht aber auch die durch das viele Hungern verursachte Schwäche machten es ihm unmöglich, sich zu bewegen. Er fürchtete mit einer gewissen Bestimmtheit schon für den nächsten Augenblick einen allgemeinen über ihn sich entladenden Zusammensturz und wartete.

Il continuait à les presser toujours davantage, jusqu'au moment où le monsieur du milieu, parvenu déjà au seuil de sa chambre, frappa violemment du pied sur le sol, obligeant le père à s'arrêter : « Je déclare », dit-il en levant la main et en cherchant du regard la mère et la fille, « que, vu les conditions répugnantes qui règnent dans cet appartement et dans cette famille » — ce disant, il cracha par terre d'un air décidé —, « je déclare que je vous donne congé sur-le-champ. Bien entendu, je ne paierai pas un sou pour les journées où j'ai habité ici. Je vais voir au contraire si je ne dois pas exiger de vous un dédommagement, qu'il serait, croyez-moi, très facile de motiver. » Il se tut en regardant devant lui, comme s'il attendait encore quelque chose. Effectivement, ses deux amis reprirent aussitôt la parole : « Nous aussi, nous vous donnons congé à l'instant même. » Là-dessus, il saisit la poignée et claqua la porte.

Le père s'avança vers sa chaise en tâtonnant et se laissa tomber. On eût dit qu'il s'allongeait pour sa petite sieste vespérale, mais qu'il ne pouvait plus tenir sa tête et aux mouvements qu'elle faisait, on voyait qu'il ne dormait pas du tout. Gregor était resté couché tout ce temps-là à la place où l'avaient surpris les locataires. La déception que lui causait l'échec de son plan, mais peut-être aussi la faiblesse due à ses jeûnes prolongés l'empêchaient de faire le moindre mouvement. Il redoutait comme une quasi-certitude pour l'instant suivant un total effondrement dont il allait être la victime et il attendait.

Nicht einmal die Violine schreckte ihn auf, die, unter den zitternden Fingern der Mutter hervor, ihr vom Schoße fiel und einen hallenden Ton von sich gab.

« Liebe Eltern », sagte die Schwester und schlug zur Einleitung mit der Hand auf den Tisch, « so geht es nicht weiter. Wenn ihr das vielleicht nicht einsehet, ich sehe es ein. Ich will vor diesem Untier nicht den Namen meines Bruders aussprechen, und sage daher bloß : wir müssen versuchen, es[1] loszuwerden. Wir haben das Menschenmögliche versucht, es zu pflegen und zu dulden, ich glaube, es kann uns niemand den geringsten Vorwurf machen. »

« Sie hat tausendmal recht », sagte der Vater für sich. Die Mutter, die noch immer nicht genug Atem finden konnte, fing in die vorgehaltene Hand mit einem irrsinnigen Ausdruck der Augen dumpf zu husten an.

Die Schwester eilte zur Mutter und hielt ihr die Stirn. Der Vater schien durch die Worte der Schwester auf bestimmtere Gedanken gebracht zu sein, hatte sich aufrecht gesetzt, spielte mit seiner Dienermütze zwischen den Tellern, die noch vom Nachtmahl der Zimmerherren her auf dem Tische lagen, und sah bisweilen auf den stillen Gregor hin.

« Wir müssen es loszuwerden suchen », sagte die Schwester nun ausschließlich zum Vater, denn die Mutter hörte in ihrem Husten nichts, « es bringt euch noch beide um, ich sehe es kommen. Wenn man schon so schwer arbeiten muß, wie wir alle, kann man nicht noch zu Hause diese ewige Quälerei ertragen. Ich kann es auch nicht mehr. »

1. L'allemand utilise désormais le pronom neutre *es* : Gregor est réduit à l'état de chose.

Même le bruit que fit le violon, que les doigts tremblants de sa mère avaient lâché et qui venait de tomber sur le sol, ne le fit pas sursauter.

« Mes chers parents », dit la sœur en frappant sur la table en manière d'introduction, « cela ne peut plus continuer comme cela. Si vous ne vous en rendez pas compte, j'en suis, quant à moi, convaincue. Je ne veux pas, devant cette horrible bête, prononcer le nom de mon frère et je me contente de dire : il faut nous débarrasser de ça. Nous avons essayé tout ce qui était humainement possible pour prendre soin de lui et pour le tolérer. Je ne crois pas que personne puisse nous faire le moindre reproche. »

« Elle a mille fois raison », dit le père à part lui. La mère, qui ne parvenait toujours pas à retrouver son souffle, se mit à tousser d'une voix caverneuse en tenant sa main devant la bouche, avec une expression hagarde dans les yeux.

La sœur alla vivement vers sa mère et lui tint le front. Le père, à qui les paroles de sa fille semblaient avoir inspiré des idées plus précises, s'était redressé sur son siège, jouait avec sa casquette de service au milieu des assiettes qui étaient restées sur la table après le dîner des locataires et, de temps en temps, il portait ses regards sur Gregor, qui restait immobile.

« Il faut chercher à nous en débarrasser », dit la sœur en s'adressant uniquement à son père, car la mère, à force de tousser, ne pouvait rien entendre, « cette chose-là peut encore vous mener tous les deux dans la tombe, cela ne tardera pas. S'il faut travailler dur comme nous le faisons tous, on ne peut pas avoir par-dessus le marché ce supplice perpétuel à la maison. D'ailleurs, je n'en peux plus. »

Und sie brach so heftig in Weinen aus, daß ihre Tränen auf das Gesicht der Mutter niederflossen, von dem sie sie mit mechanischen Handbewegungen wischte.

« Kind », sagte der Vater mitleidig und mit auffallendem Verständnis, « was sollen wir aber tun ? »

Die Schwester zuckte nur die Achseln zum Zeichen der Ratlosigkeit, die sie nun während des Weinens im Gegensatz zu ihrer früheren Sicherheit ergriffen hatte.

« Wenn er uns verstünde », sagte der Vater halb fragend ; die Schwester schüttelte aus dem Weinen heraus heftig die Hand zum Zeichen, daß daran nicht zu denken sei.

« Wenn er uns verstünde », wiederholte der Vater und nahm durch Schließen der Augen die Überzeugung der Schwester von der Unmöglichkeit dessen in sich auf, « dann wäre vielleicht ein Übereinkommen mit ihm möglich. Aber so — »

« Weg muß er », rief die Schwester, « das ist das einzige Mittel, Vater. Du mußt bloß den Gedanken loszuwerden suchen, daß es Gregor ist. Daß wir es solange geglaubt haben, das ist ja unser eigentliches Unglück. Aber wie kann es denn Gregor sein ? Wenn es Gregor wäre, er hätte längst eingesehen, daß ein Zusammenleben von Menschen mit einem solchen Tier nicht möglich ist, und wäre freiwillig fortgegangen[1]. Wir hätten dann keinen Bruder, aber könnten weiter leben und sein Andenken in Ehren halten. So aber verfolgt uns dieses Tier, vertreibt die Zimmerherren, will offenbar die ganze Wohnung einnehmen und uns auf der Gasse übernachten lassen.

1. Gregor entend ces propos et il va en fait s'y conformer. Il va mourir en pensant à sa famille ; ce sera son dernier acte humain.

Et elle fondit en larmes si violemment que ses pleurs coulaient sur le visage de sa mère ; Grete les essuyait d'un geste machinal de la main.

« Mon enfant ! », dit le père d'une voix apitoyée et en marquant une véritable compréhension, « mais que faire ? »

La sœur se contenta de hausser les épaules pour exprimer la perplexité qui, depuis qu'elle s'était mise à pleurer, avait remplacé sa précédente assurance.

« Si seulement il nous comprenait », dit le père comme une question, mais la sœur secoua violemment la main au milieu de ses larmes, pour signifier qu'il ne fallait pas y compter.

« Si seulement il nous comprenait », répéta le père, — et en fermant les yeux, il exprimait qu'il partageait la conviction de sa fille sur l'impossibilité d'une telle hypothèse —, « s'il nous comprenait, on pourrait peut-être arriver à un accord avec lui. Mais, dans ces conditions... »

« Il faut qu'il s'en aille, père », s'écria la sœur, « il n'y a pas d'autre moyen. Tu n'as qu'à tâcher de te débarrasser de l'idée qu'il s'agit de Gregor. Tout votre malheur vient de l'avoir cru si longtemps. Mais comment pourrait-ce être Gregor ? Si c'était Gregor, il il y a longtemps qu'il aurait compris qu'il est impossible de faire cohabiter des êtres humains avec un tel animal, et il serait parti de lui-même. Dans ce cas-là, nous n'aurions plus de frère, mais nous pourrions continuer à vivre et nous honorerions sa mémoire. Tandis que cet animal nous persécute, il fait fuir les locataires, il veut manifestement prendre possession de tout l'appartement et nous faire coucher dans la rue.

Sieh nur, Vater », schrie sie plötzlich auf, « er fängt schon wieder an ! » Und in einem für Gregor gänzlich unverständlichen Schrecken verließ die Schwester sogar die Mutter, stieß sich förmlich von ihrem Sessel ab, als wollte sie lieber die Mutter opfern, als in Gregors Nähe bleiben, und eilte hinter den Vater, der, lediglich durch ihr Benehmen erregt, auch aufstand und die Arme wie zum Schutze der Schwester vor ihr halb erhob.

Aber Gregor fiel es doch gar nicht ein, irgend jemandem und gar seiner Schwester Angst machen zu wollen. Er hatte bloß angefangen, sich umzudrehen, um in sein Zimmer zurückzuwandern, und das nahm sich allerdings auffallend aus, da er infolge seines leidenden Zustandes bei den schwierigen Umdrehungen mit seinem Kopfe nachhelfen mußte, den er hierbei viele Male hob und gegen den Boden schlug. Er hielt inne und sah sich um. Seine gute Absicht schien erkannt worden zu sein ; es war nur ein augenblicklicher Schrecken gewesen. Nun sahen ihn alle schweigend und traurig an[1]. Die Mutter lag, die Beine ausgestreckt und aneinandergedrückt, in ihrem Sessel, die Augen fielen ihr vor Ermattung fast zu ; der Vater und die Schwester saßen nebeneinander, die Schwester hatte ihre Hand um des Vaters Hals gelegt.

« Nun darf ich mich schon vielleicht umdrehen », dachte Gregor und begann seine Arbeit wieder. Er konnte das Schnaufen der Anstrengung nicht unterdrücken und mußte auch hie und da ausruhen. Im übrigen drängte ihn auch niemand, es war alles ihm selbst überlassen.

1. Kafka introduit ici une halte dans son récit et comme une sorte de semi-réconciliation.

Regarde, père », cria-t-elle tout à coup, « le voilà qui recommence ! » Et, dans un accès de peur, qui resta tout à fait incompréhensible pour Gregor, elle abandonna même sa mère, bondit littéralement de sa chaise, comme si elle préférait sacrifier sa mère plutôt que de rester à proximité de Gregor et alla se réfugier derrière son père qui, uniquement affolé par l'attitude de sa fille, se dressa à son tour, en levant à demi les bras devant elle comme s'il voulait la protéger.

Mais Gregor n'avait pas le moins du monde l'intention de faire peur à quiconque, surtout pas à sa sœur. Il avait simplement commencé à se tourner pour rentrer dans sa chambre, mais il faut dire que ce mouvement était bien fait pour attirer l'attention, car, à cause de sa mauvaise condition physique, il était obligé, pour prendre les tournants difficiles, de s'aider de la tête, qu'il soulevait et laissait retomber sur le sol plusieurs fois de suite. Il s'arrêta et se retourna. On avait l'air d'avoir reconnu sa bonne intention. Ce n'avait été qu'un instant d'épouvante. Tout le monde le regardait maintenant tristement et sans rien dire. La mère était couchée sur sa chaise, les jambes étendues et serrées l'une contre l'autre ; le père et sa fille étaient assis l'un à côté de l'autre, la fille tenait son père par le cou.

« Je vais peut-être pouvoir tourner maintenant », pensa Gregor, en reprenant sa besogne. Il ne pouvait, dans son effort, réprimer une sorte de halètement et devait s'arrêter de temps en temps pour se reposer. Mais personne maintenant ne le pressait ; on le laissait faire tout seul.

Als er die Umdrehung vollendet hatte, fing er sofort an, geradeaus zurückzuwandern. Er staunte über die große Entfernung, die ihn von seinem Zimmer trennte, und begriff gar nicht, wie er bei seiner Schwäche vor kurzer Zeit den gleichen Weg, fast ohne es zu merken, zurückgelegt hatte. Immerfort nur auf rasches Kriechen bedacht, achtete er kaum darauf, daß kein Wort, kein Ausruf seiner Familie ihn störte. Erst als er schon in der Tür war, wendete er den Kopf, nicht vollständig, denn er fühlte den Hals steif werden, immerhin sah er noch, daß sich hinter ihm nichts verändert hatte, nur die Schwester war aufgestanden. Sein letzter Blick streifte die Mutter, die nun völlig eingeschlafen war.

Kaum war er innerhalb seines Zimmers, wurde die Tür eiligst zugedrückt, festgeriegelt und versperrt. Über den plötzlichen Lärm hinter sich erschrak Gregor so, daß ihm die Beinchen einknickten. Es war die Schwester, die sich so beeilt hatte. Aufrecht war sie schon da gestanden und hatte gewartet, leichtfüßig war sie dann vorwärtsgesprungen, Gregor hatte sie gar nicht kommen hören, und ein « Endlich ! » rief sie den Eltern zu, während sie den Schlüssel im Schloß umdrehte.

« Und jetzt ? » fragte sich Gregor und sah sich im Dunkeln um. Er machte bald die Entdeckung, daß er sich nun überhaupt nicht mehr rühren konnte. Er wunderte sich darüber nicht, eher kam es ihm unnatürlich vor, daß er sich bis jetzt tatsächlich mit diesen dünnen Beinchen hatte fortbewegen können. Im übrigen fühlte er sich verhältnismäßig behaglich.

Quand il eut terminé son demi-tour, il recommença aussitôt à battre en retraite droit devant lui. Il s'étonnait de la grande distance qui le séparait de sa chambre et ne comprenait pas que, faible comme il était, il ait pu faire le même chemin un instant plus tôt sans même le remarquer. Uniquement soucieux de ramper aussi vite qu'il le pouvait, il s'aperçut à peine qu'aucune parole, aucune exclamation de sa famille ne venait le gêner. C'est seulement quand il fut arrivé à la porte qu'il tourna la tête, pas complètement, car il sentait un raidissement dans le cou, assez cependant pour voir que, derrière lui, rien n'avait changé ; seule sa sœur s'était levée. Son dernier regard frôla sa mère, qui était maintenant tout à fait endormie.

Il était à peine arrivé dans sa chambre que la porte fut vivement poussée, verrouillée et fermée à double tour. Ce bruit soudain lui fit une telle peur que ses pattes se dérobèrent sous lui. C'était sa sœur qui s'était précipitée de la sorte. Elle était restée debout à attendre, puis, légère comme elle était, avait bondi en avant ; Gregor ne l'avait même pas entendue venir. « Enfin ! », cria-t-elle à ses parents, après avoir tourné la clef dans la serrure.

« Et maintenant ? », se demanda Gregor en se retrouvant dans le noir. Il ne tarda pas à s'apercevoir qu'il ne pouvait plus bouger du tout. Il n'en fut pas étonné, il lui paraissait plutôt étrange d'avoir pu continuer à se mouvoir jusqu'à présent sur des pattes aussi grêles. Il éprouvait au demeurant une sensation de bien-être relatif.

Er hatte zwar Schmerzen im ganzen Leib, aber ihm war, als würden sie allmählich schwächer und schwächer und würden schließlich ganz vergehen. Den verfaulten Apfel in seinem Rücken und die entzündete Umgebung, die ganz von weichem Staub bedeckt waren, spürte er schon kaum. An seine Familie dachte er mit Rührung und Liebe zurück[1]. Seine Meinung darüber, daß er verschwinden müsse, war womöglich noch entschiedener als die seiner Schwester. In diesem Zustand leeren und friedlichen Nachdenkens blieb er, bis die Turmuhr die dritte Morgenstunde schlug. Den Anfang des allgemeinen Hellerwerdens draußen vor dem Fenster erlebte er noch. Dann sank sein Kopf ohne seinen Willen gänzlich nieder, und aus seinen Nüstern strömte sein letzter Atem schwach hervor.

Als am frühen Morgen die Bedienerin kam — vor lauter Kraft und Eile schlug sie, wie oft man sie auch schon gebeten hatte, das zu vermeiden, alle Türen derartig zu, daß in der ganzen Wohnung von ihrem Kommen an kein ruhiger Schlaf mehr möglich war —, fand sie bei ihrem gewöhnlichen kurzen Besuch an Gregor zuerst nichts Besonderes. Sie dachte, er liege absichtlich so unbeweglich da und spiele den Beleidigten; sie traute ihm allen möglichen Verstand zu. Weil sie zufällig den langen Besen in der Hand hielt, suchte sie mit ihm Gregor von der Tür aus zu kitzeln.

---

1. Voir, dans un passage un peu analogue du *Verdict* : « Chers parents, je vous ai pourtant toujours aimés. » (*Œuvres complètes*, Bibliothèque de la Pléiade, II, p. 191.)

Il avait, il est vrai, des douleurs sur tout le corps, mais il lui sembla qu'elles diminuaient peu à peu et qu'elles allaient cesser. Il ne sentait plus qu'à peine la pomme pourrie incrustée dans son dos ni l'inflammation des parties environnantes, maintenant recouvertes d'une fine poussière. Il pensa à sa famille avec une tendresse émue. L'idée qu'il n'avait plus qu'à disparaître était, si possible, plus arrêtée encore dans son esprit que dans celui de sa sœur. Il resta dans cet état de méditation vide et paisible jusqu'au moment où l'horloge du clocher sonna trois heures. Il vit encore, devant sa fenêtre, le jour arriver peu à peu. Puis, sa tête retomba malgré lui et ses narines laissèrent faiblement passer son dernier souffle.

Lorsque la femme de peine arriva au petit matin — bien qu'on le lui ait défendu, elle claquait les portes si violemment dans son excès de vigueur et de précipitation qu'il n'y avait plus moyen de dormir dans toute la maison dès qu'elle était là —, elle ne trouva tout d'abord rien de particulier, quand elle fit chez Gregor sa brève visite habituelle. Elle pensa qu'il faisait exprès de rester immobile et qu'il jouait à l'offensé, car elle lui prêtait tout l'esprit imaginable. Elle se trouvait tenir son grand balai à la main et elle essaya de le chatouiller depuis la porte.

Als sich auch da kein Erfolg zeigte, wurde sie ärgelich und stieß ein wenig in Gregor hinein, und erst als sie ihn ohne jeden Widerstand von seinem Platze geschoben hatte, wurde sie aufmerksam. Als sie bald den wahren Sachverhalt erkannte, machte sie große Augen, pfiff vor sich hin, hielt sich aber nicht lange auf, sondern riß die Tür des Schlafzimmers auf und rief mit lauter Stimme in das Dunkel hinein : « Sehen Sie nur mal an, es ist krepiert ; da liegt es, ganz und gar krepiert ! »

Das Ehepaar Samsa saß im Ehebett aufrecht da und hatte zu tun, den Schrecken über die Bedienerin zu verwinden, ehe es dazu kam, ihre Meldung aufzufassen. Dann aber stiegen Herr und Frau Samsa, jeder auf seiner Seite, eiligst aus dem Bett, Herr Samsa warf die Decke über seine Schultern, Frau Samsa kam nur im Nachthemd hervor; so traten sie in Gregors Zimmer. Inzwischen hatte sich auch die Tür des Wohnzimmers geöffnet, in dem Grete seit dem Einzug der Zimmerherren schlief; sie war völlig angezogen, als hätte sie gar nicht geschlafen, auch ihr bleiches Gesicht schien das zu beweisen. « Tot? » sagte Frau Samsa und sah fragend zur Bedienerin auf, trotzdem sie doch alles selbst prüfen und sogar ohne Prüfung erkennen konnte. « Das will ich meinen », sagte die Bedienerin und stieß zum Beweis Gregors Leiche mit dem Besen noch ein großes Stück seitwärts. Frau Samsa machte eine Bewegung [1], als wolle sie den Besen zurückhalten, tat es aber nicht. « Nun », sagte Herr Samsa, « jetzt können wir Gott danken. »

---

1. A la fin d'*Un artiste de la faim*, on se débarrasse pareillement à coups de balai du cadavre du champion de jeûne.

Comme elle n'avait toujours pas de succès, elle se fâcha et se mit à pousser plus fort ; et c'est seulement quand elle vit que Gregor se laissait déplacer sans opposer de résistance qu'elle se mit à y regarder de plus près. Elle eut vite fait de comprendre ce qui s'était passé ; elle ouvrit de grands yeux et se mit à siffler entre ses dents, mais ne s'attarda pas ; elle ouvrit la chambre à coucher, dont elle poussa violemment la porte, en criant à pleine voix dans l'obscurité : « Venez donc voir, la bête est crevée ; elle est là par terre, tout ce qu'il y a de crevée ! »

Le ménage Samsa se redressa dans le lit conjugal ; il dut d'abord se remettre de la frayeur que venait de leur causer la femme de peine, avant de comprendre ce qu'elle venait de leur annoncer. Mais ensuite, M. et Mme Samsa sortirent promptement de leur lit, chacun de son côté ; M. Samsa jeta la couverture sur ses épaules, Mme Samsa n'avait que sa chemise de nuit sur elle ; c'est dans cet appareil qu'ils entrèrent dans la chambre de Gregor. Entre-temps s'était ouverte aussi la porte du séjour, où Grete passait la nuit depuis l'emménagement des locataires ; elle était tout habillée, comme si elle n'avait pas dormi, ce que semblait indiquer aussi la pâleur de son visage. « Mort ? », dit Mme Samsa, en levant les yeux d'un air interrogatif vers la femme de peine, bien qu'elle eût pu aisément le contrôler elle-même ou même le comprendre sans rien contrôler. « Et comment ! », dit la femme de peine, et, pour en administrer la preuve, elle déplaça encore d'un grand coup de balai le cadavre de Gregor. Mme Samsa fit mine de retenir le balai, mais ne termina pas son geste. « Eh bien ! », dit M. Samsa, « nous pouvons rendre grâce à Dieu. »

Er bekreuzte sich, und die drei Frauen folgten seinem Beispiel. Grete, die kein Auge von der Leiche wendete, sagte : « Seht nur, wie mager er war. Er hat ja auch schon so lange Zeit nichts gegessen. So wie die Speisen hereinkamen, sind sie wieder hinausgekommen. » Tatsächlich war Gregors Körper vollständig flach und trokken, man erkannte das eigentlich erst jetzt, da er nicht mehr von den Beinchen gehoben war und auch sonst nichts den Blick ablenkte.

« Komm, Grete, auf ein Weilchen zu uns herein », sagte Frau Samsa mit einem wehmütigen Lächeln, und Grete ging, nicht ohne nach der Leiche zurückzusehen, hinter den Eltern in das Schlafzimmer. Die Bedienerin schloß die Tür und öffnete gänzlich das Fenster. Trotz des frühen Morgens war der frischen Luft schon etwas Lauigkeit beigemischt. Es war eben schon Ende März[1].

Aus ihrem Zimmer traten die drei Zimmerherren und sahen sich erstaunt nach ihrem Frühstück um; man hatte sie vergessen. « Wo ist das Frühstück ? » fragte der mittlere der Herren mürrisch die Bedienerin. Diese aber legte den Finger an den Mund und winkte dann hastig und schweigend den Herren zu, sie möchten in Gregors Zimmer kommen. Sie kamen auch und standen dann, die Hände in den Taschen ihrer etwas abgenützten Röckchen, in dem nun schon ganz hellen Zimmer um Gregors Leiche herum.

1. Dernière indication temporelle : le récit s'achève au début du printemps, au moment où la vie renaît.

Il se signa et les trois femmes suivirent son exemple. Grete, qui ne pouvait détourner ses regards du cadavre, dit : « Regardez comme il était maigre. Il y avait longtemps qu'il ne mangeait plus rien. La nourriture repartait comme elle était arrivée. » Le corps de Gregor était en effet tout à fait plat et sec ; on ne le remarquait guère que maintenant, où il n'était plus porté par ses petites pattes et où rien ne distrayait plus le regard.

« Viens un moment chez nous, Grete », dit Mme Samsa avec un sourire mélancolique, et Grete, non sans jeter encore un regard sur le cadavre, entra derrière ses parents dans leur chambre à coucher. La femme de peine ferma la porte et ouvrit grand la fenêtre. Malgré l'heure matinale, un peu de tiédeur se mêlait déjà à la fraîcheur de l'air. On approchait de la fin mars.

Les trois locataires sortirent de leur chambre et, d'un air étonné, cherchèrent du regard leur petit déjeuner ; on les avait oubliés. « Où est le déjeuner ? », demanda le monsieur du milieu à la femme de peine d'un air bougon. Mais celle-ci mit son doigt sur sa bouche et sans rien dire fit rapidement signe à ces messieurs d'entrer dans la chambre de Gregor. Ils entrèrent donc et les mains dans les poches de leurs vestons un peu usagés, ils restaient là, dans la pièce maintenant baignée de soleil, autour du cadavre de Gregor.

Da öffnete sich die Tür des Schlafzimmers, und Herr Samsa erschien in seiner Livree, an einem Arm seine Frau, am anderen seine Tochter. Alle waren ein wenig verweint; Grete drückte bisweilen ihr Gesicht an den Arm des Vaters.

« Verlassen Sie sofort meine Wohnung ! » sagte Herr Samsa und zeigte auf die Tür, ohne die Frauen von sich zu lassen. « Wie meinen Sie das ? » sagte der mittlere der Herren etwas bestürzt und lächelte süßlich. Die zwei anderen hielten die Hände auf dem Rücken und rieben sie ununterbrochen aneinander, wie in freudiger Erwartung eines großen Streites, der aber für sie günstig ausfallen mußte. « Ich meine es genau so, wie ich es sage », antwortete Herr Samsa und ging in einer Linie mit seinen zwei Begleiterinnen auf den Zimmerherrn zu. Dieser stand zuerst still da und sah zu Boden, als ob sich die Dinge in seinem Kopf zu einer neuen Ordnung zusammenstellten. « Dann gehen wir also », sagte er dann und sah zu Herrn Samsa auf, als verlange er in einer plötzlich ihn überkommenen Demut sogar für diesen Entschluß eine neue Genehmigung. Herr Samsa nickte ihm bloß mehrmals kurz mit großen Augen zu. Daraufhin ging der Herr tatsächlich sofort mit langen Schritten ins Vorzimmer; seine beiden Freunde hatten schon ein Weilchen lang mit ganz ruhigen Händen aufgehorcht und hüpften ihm jetzt geradezu nach, wie in Angst, Herr Samsa könnte vor ihnen ins Vorzimmer eintreten und die Verbindung mit ihrem Führer stören.

La porte de la chambre à coucher s'ouvrit, et M. Samsa apparut dans sa livrée, tenant d'un bras sa femme, de l'autre sa fille. Ils avaient tous un peu l'air d'avoir pleuré ; Grete appuyait de temps en temps son visage contre le bras de son père.

« Quittez tout de suite ma maison ! », dit M. Samsa en montrant la porte, sans abandonner le bras des deux femmes. « Que voulez-vous dire ? », demanda le monsieur du milieu, un peu décontenancé, avec un sourire doucereux. Les deux autres avaient croisé leurs mains derrière le dos et les frottaient sans cesse l'une contre l'autre, comme s'ils se réjouissaient de voir se déclencher une grande dispute qui, pensaient-ils, ne pouvait se terminer qu'à leur honneur. « Je l'entends exactement comme je viens de vous le dire », répondit M. Samsa et, les deux femmes et lui sur un rang, il avança dans la direction du locataire. Celui-ci resta d'abord immobile, les yeux rivés sur le sol, comme si les choses prenaient dans sa tête une tournure nouvelle : « Eh bien, soit ! nous partons », dit-il enfin, en levant les yeux vers M. Samsa, comme si, pris d'un accès d'humilité, il attendait pour cette décision une nouvelle approbation. M. Samsa se contenta de hocher la tête à plusieurs reprises en roulant de gros yeux. Sur quoi, le monsieur s'engagea en effet à grands pas dans le vestibule ; ses deux amis, qui s'étaient contentés depuis un bon moment d'écouter sans même bouger les mains, bondirent maintenant littéralement derrière lui, comme s'ils craignaient que M. Samsa ne les devance dans le vestibule, en coupant leur communication avec leur guide.

Im Vorzimmer nahmen alle drei die Hüte vom Kleiderrechen, zogen ihre Stöcke aus dem Stockbehälter, verbeugten sich stumm und verließen die Wohnung. In einem, wie sich zeigte, gänzlich unbegründeten Mißtrauen trat Herr Samsa mit den zwei Frauen auf den Vorplatz hinaus; an das Geländer gelehnt, sahen sie zu, wie die drei Herren zwar langsam, aber ständig die lange Treppe hinunterstiegen, in jedem Stockwerk in einer bestimmten Biegung des Treppenhauses verschwanden und nach ein paar Augenblicken wieder hervorkamen; je tiefer sie gelangten, desto mehr verlor sich das Interesse der Familie Samsa für sie, und als ihnen entgegen und dann hoch über sie hinweg ein Fleischergeselle mit der Trage auf dem Kopf[1] in stolzer Haltung heraufstieg, verließ bald Herr Samsa mit den Frauen das Geländer, und alle kehrten, wie erleichtert, in ihre Wohnung zurück.

Sie beschlossen, den heutigen Tag zum Ausruhen und Spazierengehen zu verwenden; sie hatten diese Arbeitsunterbrechung nicht nur verdient, sie brauchten sie sogar unbedingt. Und so setzten sie sich zum Tisch und schrieben drei Entschuldigungsbriefe, Herr Samsa an seine Direktion, Frau Samsa an ihren Auftraggeber und Grete an ihren Prinzipal. Während des Schreibens kam die Bedienerin herein, um zu sagen, daß sie fortgehe, denn ihre Morgenarbeit war beendet. Die drei Schreibenden nickten zuerst bloß, ohne aufzuschauen, erst als die Bedienerin sich immer noch nicht entfernen wollte, sah man ärgerlich auf.

1. Petit détail vécu : Kafka écrit, le 24 octobre 1912, à Felice Bauer (c'est la 5ᵉ lettre qu'il lui adresse) : « Je viens de me cogner devant la porte contre le panier d'un garçon boucher et je sens encore au-dessus de l'œil gauche le contact du bois. »

Arrivés dans le vestibule, ils prirent tous trois leurs chapeaux au portemanteau, leurs cannes au porte-cannes, s'inclinèrent sans mot dire et quittèrent l'appartement. Pris d'une méfiance qui devait s'avérer tout à fait immotivée, M. Samsa et les deux femmes s'avancèrent jusqu'au palier ; appuyés sur la rampe, ils regardèrent les trois messieurs descendre lentement mais sans s'arrêter ; à chaque étage, ils disparaissaient à un certain tournant de la cage d'escalier pour reparaître quelques instants après ; à mesure qu'ils s'enfonçaient, l'intérêt que leur portait la famille Samsa diminuait peu à peu et lorsqu'ils furent croisés par un garçon boucher qui montait fièrement l'escalier, son panier sur la tête, M. Samsa et ses femmes quittèrent la rampe, l'air soulagé, et rentrèrent chez eux.

Ils décidèrent de consacrer la journée au repos et à la promenade ; ils avaient bien mérité ce congé, ils en avaient même absolument besoin. Ils s'assirent donc à la table et rédigèrent trois lettres d'excuse, M. Samsa à sa direction, Mme Samsa à son employeur et Grete à son chef de rayon. La femme de peine entra pendant qu'ils étaient en train d'écrire, pour déclarer que son travail du matin était terminé et qu'elle allait partir. Les trois se contentèrent d'abord de hocher la tête sans lever les yeux. Mais, comme elle ne partait toujours pas, ils finirent, non sans irritation, par la regarder.

« Nun ? » fragte Herr Samsa. Die Bedienerin stand lächelnd in der Tür, als habe sie der Familie ein großes Glück zu melden, werde es aber nur dann tun, wenn sie gründlich ausgefragt werde. Die fast aufrechte kleine Straußfeder auf ihrem Hut, über die sich Herr Samsa schon während ihrer ganzen Dienstzeit ärgerte, schwankte leicht nach allen Richtungen. « Also was wollen Sie eigentlich ? » fragte Frau Samsa, vor welcher die Bedienerin noch am meisten Respekt hatte. « Ja », antwortete die Bedienerin und konnte vor freundlichem Lachen nicht gleich weiterreden, « also darüber, wie das Zeug von nebenan weggeschafft werden soll, müssen Sie sich keine Sorgen machen. Es ist schon in Ordnung. » Frau Samsa und Grete beugten sich zu ihren Briefen nieder, als wollten sie weiterschreiben ; Herr Samsa, welcher merkte, daß die Bedienerin nun alles ausführlich zu beschreiben anfangen wollte, wehrte dies mit ausgestreckter Hand entschieden ab. Da sie aber nicht erzählen durfte, erinnerte sie sich an die große Eile, die sie hatte, rief offenbar beleidigt : « Adjes allseits [1] », drehte sich wild um und verließ unter fürchterlichem Türezuschlagen die Wohnung.

« Abends wird sie entlassen », sagte Herr Samsa, bekam aber weder von seiner Frau noch von seiner Tochter eine Antwort, denn die Bedienerin schien ihre kaum gewonnene Ruhe wieder gestört zu haben. Sie erhoben sich, gingen zum Fenster und blieben dort, sich umschlungen haltend. Herr Samsa drehte sich in seinem Sessel nach ihnen um und beobachtete sie still ein Weilchen.

1. Dialecte.

« Eh bien ? », demanda M. Samsa. La femme de peine restait dans la porte à sourire, comme si elle avait quelque chose de très agréable à leur dire, mais qu'elle attendait, pour le faire, d'avoir été dûment interrogée. La petite plume d'autruche, dressée presque verticalement sur son chapeau et qui avait toujours agacé M. Samsa depuis que la femme était à leur service, s'agitait en tous sens. « Alors, que voulez-vous donc ? », demanda Mme Samsa, à qui la femme de peine avait toujours témoigné plus de respect qu'aux autres. « C'est que », répondit-elle, en riant de si bonne humeur qu'elle n'était pas en mesure de continuer sa phrase, « c'est que vous n'avez pas besoin de vous faire du souci pour la chose d'à côté. C'est déjà réglé. » Mme Samsa et Grete se replongèrent dans leurs lettres, comme si elles voulaient continuer à écrire ; M. Samsa, en voyant que la femme de peine s'apprêtait à tout décrire en détail, lui fit un signe de la main pour l'inviter à s'en abstenir. Empêchée de raconter son histoire, elle se rappela tout à coup qu'elle était pressée, s'écria « Adieu, tout le monde », d'un air manifestement vexé, fit brutalement demi-tour et quitta l'appartement en faisant claquer les portes avec un bruit effroyable.

« Ce soir, on la met à la porte », dit M. Samsa, sans obtenir de réponse ni de sa femme ni de sa fille, car la domestique semblait avoir à nouveau détruit leur tranquillité fraîchement reconquise. Elles se levèrent, allèrent à la fenêtre et restèrent là en se tenant enlacées. M. Samsa se tourna sur sa chaise, et resta un petit moment à les observer.

Dann rief er : « Also kommt doch her. Laßt schon endlich die alten Sachen. Und nehmt auch ein wenig Rücksicht auf mich. » Gleich folgten ihm die Frauen, eilten zu ihm, liebkosten ihn und beendeten rasch ihre Briefe.

Dann verließen alle drei gemeinschaftlich die Wohnung, was sie schon seit Monaten nicht getan hatten, und fuhren mit der Elektrischen ins Freie vor die Stadt. Der Wagen, in dem sie allein saßen, war ganz von warmer Sonne durchschienen. Sie besprachen, bequem auf ihren Sitzen zurückgelehnt, die Aussichten für die Zukunft, und es fand sich, daß diese bei näherer Betrachtung durchaus nicht schlecht waren, denn aller drei Anstellungen waren, worüber sie einander eigentlich noch gar nicht ausgefragt hatten, überaus günstig und besonders für später vielversprechend[1]. Die größte augenblickliche Besserung der Lage mußte sich natürlich leicht durch einen Wohnungswechsel ergeben; sie wollten nun eine kleinere und billigere, aber besser gelegene und überhaupt praktischere Wohnung nehmen, als es die jetzige, noch von Gregor ausgesuchte war. Während sie sich so unterhielten, fiel es Herrn und Frau Samsa im Anblick ihrer immer lebhafter werdenden Tochter fast gleichzeitig ein, wie sie in der letzten Zeit trotz aller Plage, die ihre Wangen bleich gemacht hatte, zu einem schönen und üppigen Mädchen aufgeblüht war.

---

1. Kafka était mécontent de la conclusion de son récit. Celle-ci est pourtant assez parallèle à la fin du *Verdict :* de même que la seule existence de Gregor Samsa avait paralysé la vie tout autour de lui et que sa mort rend à nouveau leur liberté à ceux qui l'entourent, de

Puis, il s'écria : « Venez donc par ici ! Laissez une fois pour toutes les vieilles histoires. Et tâchez de penser un peu à moi. » Les deux femmes lui obéirent aussitôt, allèrent le rejoindre, le cajolèrent et terminèrent rapidement leurs lettres.

Sur quoi, tous trois quittèrent ensemble l'appartement, ce qui ne leur était pas arrivé depuis des mois ; puis, ils prirent le tramway pour faire une excursion en banlieue. La voiture, dont ils étaient les seuls passagers, était inondée de soleil. Confortablement installés sur leurs sièges, ils discutèrent de leurs perspectives d'avenir et il apparut qu'à y bien regarder, elles n'étaient pas si mauvaises ; car leurs situations à tous trois — c'était un point qu'ils n'avaient encore jamais abordé entre eux — étaient tout à fait convenables et surtout très prometteuses pour plus tard. La meilleure façon d'améliorer leur sort le plus tôt possible était évidemment de déménager ; ils loueraient un appartement plus petit et meilleur marché, mais aussi plus pratique et mieux situé que leur logement actuel, qui avait été choisi par Gregor. En parlant ainsi, M. et Mme Samsa remarquèrent presque simultanément en regardant leur fille, qui s'animait de plus en plus, que celle-ci, malgré tous les tourments qui avaient un peu fait pâlir ses joues, s'était beaucoup épanouie ces derniers temps et qu'elle était devenue une belle fille plantureuse.

même la mort de Georg Bendemann brise les chaînes qui tenaient la vie prisonnière. D'où la dernière phrase de ce récit : « A ce moment-là, la circulation sur le pont était proprement incessante. »

Stiller werdend und fast unbewußt durch Blicke sich verständigend, dachten sie daran, daß es nun Zeit sein werde, auch einen braven Mann für sie zu suchen. Und es war ihnen wie eine Bestätigung ihrer neuen Träume und guten Absichten, als am Ziele ihrer Fahrt die Tochter als erste sich erhob und ihren jungen Körper dehnte.

Ils se turent peu à peu et en se comprenant presque involontairement par un échange de regards, ils se prirent tous deux à penser qu'il serait bientôt temps de lui trouver un brave homme comme mari. Et ils crurent voir une confirmation de leurs nouveaux rêves et de leurs beaux projets, quand, au terme du voyage, la jeune fille se leva la première et étira son jeune corps.

NOTICE BIOGRAPHIQUE

1883. *3 juillet*. Naissance de Franz Kafka à Prague. Son père, Hermann Kafka, qui possède un magasin de nouveautés très prospère, exerce sur la famille une tyrannie dont son fils aura fort à souffrir. Cinq autres enfants naîtront par la suite, mais seules trois sœurs survivront.

1893-1901. Études secondaires au lycée allemand de la Vieille Ville. On sait que Kafka commence à écrire dès ses années de lycée, mais il détruira tous ces manuscrits de jeunesse.

1901-1906. Études à l'Université de Prague. Après quelques hésitations, Kafka se décide pour des études de droit.

1904. Fin probable de la rédaction de la première version de *Description d'un combat*.

1906-1907. Rédaction du récit fragmentaire *Préparatifs de noce à la campagne* et de quelques-uns des textes brefs qui constitueront le recueil *Regard (Betrachtung)*.

1907-1908. Kafka aux *Assicurazioni generali*, à Prague.

1908. Première publication dans une revue : huit courtes pièces qui figureront plus tard dans le recueil *Regard*.
30 juillet : entrée à l'*Institut d'assurances contre les accidents du travail*, à Prague.

1909. Kafka commence à tenir assez régulièrement son Journal.

1911. Voyage avec Max Brod en Suisse, en Italie, puis à Paris.

1912. Rédaction d'une première version du roman qui deviendra *L'Oublié (L'Amérique)*.
Septembre. Rencontre avec Felice Bauer, chez les parents de Max Brod. Kafka conçoit immédiatement le projet de l'épouser. Début d'une intense correspondance avec elle.

Nuit du 22 au 23 septembre. Rédaction du *Verdict.*

Novembre-décembre. Rédaction de *La Métamorphose.*

1913. *Juin.* Kafka, pour la première fois, demande à Felice Bauer de lui accorder sa main.

1914. Les difficultés s'accumulent dans les relations avec Felice Bauer. Grete Bloch, une amie de Felice, intervient comme intermédiaire.

1er juin. Fiançailles avec Felice Bauer, célébrées à Berlin.

12 juillet. Le « tribunal de l'Askanischer Hof » : rupture des fiançailles.

Automne. Rédaction du *Procès* et de *La Colonie pénitentiaire.*

1915. La correspondance avec Felice Bauer reprend, mais selon un rythme plus paisible. Différentes rencontres, la plupart décevantes, ont lieu entre Kafka et elle.

1917. Kafka rédige la plupart des récits qui constituent le recueil *Un médecin de campagne.*

Juillet. Secondes fiançailles avec Felice Bauer.

Nuit du 9 au 10 août. Hémoptysie.

Automne. Kafka part en convalescence à Zürau (au nord-ouest de la Bohême), chez sa sœur Ottla.

Décembre : rupture définitive avec Felice Bauer.

1918-1919. Période peu féconde littérairement. Nombreuses réflexions métaphysiques et religieuses dans les journaux intimes.

1919. *Novembre. Lettre à son père.*

1919-1920. Relations amoureuses avec Julie Wohryzek.

1920. Les séjours en sanatorium se multiplient ; Kafka ne peut que rarement accomplir son travail professionnel.

À partir d'avril. Correspondance avec Milena Jesenská, la traductrice de Kafka en tchèque.

1922. Rédaction du *Château* et de quelques-uns des derniers récits, comme *Un artiste de la faim.*

1923. Rencontre avec Dora Dymant, qui sera la compagne de Kafka pendant ses derniers mois.

Rédaction du *Terrier.*

1924. Rédaction de *Joséphine la cantatrice.*

3 juin. Mort de Kafka au sanatorium de Kierling, près de Vienne.

11 juin. Enterrement de Kafka à Prague.

BIBLIOGRAPHIE SOMMAIRE

La bibliographie de Kafka est si abondante et si compliquée qu'il faut se borner ici aux plus brèves indications.

Quelques ouvrages d'ensemble ont été consacrés à Kafka. Ce sont (par ordre alphabétique) :

Wilhelm Emrich ; *Franz Kafka* (Bonn, 1958).

Heinz Politzer : *Franz Kafka, der Künstler* (Francfort, 1965).

Walter H. Sokel : *Franz Kafka. Tragik und Ironie* (Munich, Vienne, 1964).

On ajoutera à ces études l'édition de Kafka dans la collection de la « Pléiade », qui comporte de très nombreuses notes.

On s'aidera aussi de :

Hartmut Binder : *Kafka. Kommentar zu sämtlichen Erzählungen* (Munich, 1975).

La biographie de Klaus Wagenbach s'arrête en 1922, avant la rédaction de *La Métamorphose*. Deux biographies complètes ont paru depuis lors. L'une est due à l'auteur de la présente édition :

Claude David : *Franz Kafka* (Paris, 1989).

Une autre, plus romancée, a été écrite par :

Pietro Citati : *Kafka* (Paris, 1989).

Sur *La Métamorphose,* on trouvera des indications utiles dans certaines études, même si certaines d'entre elles sont déjà anciennes :

E. Edel : « *Franz Kafka 'Die Verwandlung'. Eine Auslegung* » (Wirkendes Wort, 1957-58, p. 217-226).

P. L. Landsberg : « *Kafka et La Métamorphose* » (Esprit, 1938, p. 271-684).

F. D. Luke : « *The Metamorphosis* » (*Franz Kafka Today*, Madison, 1958, p. 25-441).

C. Schlingmann : « *Die Verwandlung* » (*Interpretationen zu Franz Kafka*, Munich, 1973, p. 81-105).

J. Schubinger : *Franz Kafka, 'Die Verwandlung'. Eine Interpretation* (Zurich, 1969).

B. von Wiese : « Franz Kafka, 'Die Verwandlung' », *Die deutsche Novelle von Goethe bis Kafka*, II, 1962, p. 319-345.

DANS LA MÊME COLLECTION

ANGLAIS

CONRAD *Typhoon* / Typhon
DAHL *Two fables* / La princesse et le braconnier
FAULKNER *As I lay dying* / Tandis que j'agonise
SWIFT *A voyage to Lilliput* / Voyage à Lilliput
UHLMAN *Reunion* / L'ami retrouvé

ALLEMAND

GOETHE *Die Leiden des jungen Werther* / Les souffrances du jeune Werther
GRIMM *Märchen* / Contes

RUSSE

GOGOL *Записки сумасшедшего* / *Нос* / *Шинель* / Le journal d'un fou / Le nez / Le manteau
TOURGUÉNIEV *Первая любовь* / Premier amour

ITALIEN

MORAVIA *L'amore coniugale* / L'amour conjugal
PIRANDELLO *Novelle per un anno* / Nouvelles pour une année (choix)

ESPAGNOL

BORGES *El libro de arena* / Le livre de sable
CARPENTIER *Concierto Barroco* / Concert baroque *(à paraître)*
CERVANTES *Novelas ejemplares* / Nouvelles exemplaires (choix)

DU MÊME AUTEUR

Aux Éditions Gallimard

LE PROCÈS.

LE CHÂTEAU.

LA MÉTAMORPHOSE.

L'AMÉRIQUE.

LA COLONIE PÉNITENTIAIRE ET AUTRES RÉCITS.

LA MURAILLE DE CHINE ET AUTRES RÉCITS.

LETTRES À MILENA.

PRÉPARATIFS DE NOCE À LA CAMPAGNE.

CORRESPONDANCE 1902-1924.

LETTRES À FELICE, I et II.

LETTRES À OTTLA ET À LA FAMILLE.

Bibliothèque de La Pléiade

ŒUVRES COMPLÈTES.

COLLECTION FOLIO

Dernières parutions

Impression Bussière à Saint-Amand (Cher),
le 4 mars 1991.
Dépôt légal : mars 1991.
Numéro d'imprimeur : 330.
ISBN 2-07-038359-8. / Imprimé en France.

52350